«NARRATIVA»

Eva e Marco
hanno scritto anche

Quello che non sai di me

EVA e MARCO

ovunque andrai

Sperling & Kupfer

OVUNQUE ANDRAI

ISBN 978-88-200-4675-0
86-I-09

Questo libro è a cura di Giulio Calvani e Federico Favot che ringraziano affettuosamente Ilde Buratti e Benedetta Fabbri.

La canzone alle pagg. 170-172, *A Guy On His Wave*, è di Andrea Guerra, Giovanni Giombolini, Ermanno Giorgetti, Bruno Antonio Pierotti, Giulio Calvani e Federico Favot (Edizioni Bixio C.E.M.S.A./R.T.I.).

Le foto alle pagg. 1, 6, 7, 12-13, 57, 152, 181 sono di Luciana Zigiotti; quelle alle pagg. 64, 73, 84, 90-91, 92, 93, 99, 100-101, 105, 131, 143, 147, 149, 150, 153, 157, 159, 161 sono di Federico Favot; quelle alle pagg. 160 e 163 sono di Elda Alvigini; la foto a pag. 178 è di Matteo Branciamore.

Dove li abbiamo lasciati

Si sono baciati, e nessuno voleva che succedesse. Allora si sono nascosti. Ma quello che c'era tra loro era troppo grande per qualunque nascondiglio. Così, un giorno, Giulio – il padre – li ha scoperti: erano nel suo letto. Gli si è fermato il cuore. Per fortuna solo per un istante, ma è stato l'istante più lungo della loro breve vita.

Una vita che Marco aveva sempre passato in famiglia. Lui aveva già perso sua madre, non poteva accettare di perdere anche suo padre, trasportato in ospedale in ambulanza a sirene spiegate. Marco non poteva neanche lontanamente concepire di essere responsabile di quel dramma. E così, davanti a Eva che continuava a chiedergli amore e conferme, ha tentennato.

In quella situazione tesa non sapeva che fare, non riusciva a pensare con lucidità. Suo padre non voleva perdonarlo. Eva non voleva aspettare. Lui non voleva decidere.

E quando non sai decidere, l'unica decisione che riesci a prendere è quella di scappare. Marco ha preso un aereo ed è volato a Londra.

Eva l'ha inseguito. Ha provato a convincerlo a tornare indietro. Gli ha chiesto di non farla rientrare a Roma da sola, senza di lui. Gli ha detto, tremante, che non sarebbe riuscita a dimenticare questo tradimento, che non gliel'avrebbe perdonato. Ma lui è rimasto dov'era.

Quando finalmente Marco ha capito di non potercela fare senza di lei ed è tornato a Roma, Eva aveva già conosciuto Alex. Più uomo fatto che ragazzo, bello, con le idee chiare e una casa a New York. Una casa pronta per lei e per i suoi progetti.

Marco ha realizzato che non aveva le armi per combattere. Se è andata in questo modo, si è detto, vuol dire che era destino.

E così ha provato a costruirsi il suo. La prima canzone passata in radio, un diario per appuntare i suoi piccoli dolori, la scuola di musica a Milano.

Poi è successo quello che non doveva succedere.

Una sera, mentre festeggiavano il buon esito degli esami di maturità, Marco ed Eva si sono trovati soli, a pochi centimetri di distanza l'uno dall'altra.

E per un attimo, l'attimo in cui comincia quello che state per leggere, hanno pensato che in fondo si inseguiranno sempre.

Ovunque andranno.

EVA ovunque

MARCO

andrai

Luglio

20 luglio,
Roma

Sera

Forse è successo perché finalmente era arrivato il fresco, e il vento asciutto della sera nel giardino mi entrava sotto la camicetta e rianimava tutto.

Tutto – il sangue, i desideri, i sentimenti – circolava più in fretta, troppo in fretta perché potessi organizzarlo o contenerlo con la volontà.

Forse è successo perché eravamo euforici, perché gli esami erano andati bene, perché ero finalmente riuscita a battere Rachele dalla posizione più scomoda da cui mi fossi mai trovata ad affrontarla, cioè dall'altro lato della cattedra, da studentessa a professoressa.

Forse è successo perché mentre guardavo la notte profumata di Roma capivo che non mi ero mai sentita così. Spaventata, improvvisamente incapace di prevedere il futuro, di raccontarmelo al di là delle mie speranze e dei miei buoni propositi: l'America, il giornalismo, la nuova casa in cui vivere, l'inglese da perfezionare, il ristorante da mettere in piedi con Alex.

La vita *nuova* da mettere in piedi con Alex.

Magari avevo paura di guardare la vita *vecchia* come nel finale de *I vitelloni*, quel capolavoro del cinema che ho scoperto da poco: un treno che parte, tu che ti affacci al finestrino e non ci sono campi, case e macchine che s'incolonnano ai semafori rossi. Ci sono, invece, una dopo l'altra, le camere da letto delle persone che ami e che stai per lasciare, con loro che ci dormono dentro.

Ti scorrono davanti agli occhi, le stanze, ognuna portata via da quella successiva, come in uno *slideshow* intitolato «Roma 2005-2008». Eccole: la camera di mia madre Lucia e di Giulio abbracciati stretti al centro del letto, quella di mia sorella Alice che ha ancora le cuffiette nelle orecchie e un libro aperto sulla pancia, quella di Walter col portatile spalancato su un sito di celebrità nude, quella di

Mimmo e Rudi con le PlayStation portatili poggiate sul comodino.

Già, la camera di Mimmo e Rudi, che poi è anche la camera di Marco.

Forse è bastato semplicemente trovarmi per la prima volta dopo tanto tempo a venti centimetri da lui. E tutto il resto – l'eccitazione e la paura di diventare grande, le pareti della casa in cui hai abitato e della vita che ci hai vissuto dentro che improvvisamente si aprono come quelle della confezione di una torta e ti lasciano sola nel mondo – tutto il resto è scoppiato soltanto perché aspettava che si liberasse una fiamma per esplodere.

La fiamma di Marco, il suo odore di vestiti appena lavati e di semi di lino sotto, sulla pelle. La voglia di appoggiare la mia guancia nella sua mano aperta ad accoglierla, di allungare le dita e sfiorare il suo profilo. Di chiudere gli occhi e di vederlo comunque, Marco, anche nel buio bianco di brivido degli occhi chiusi e commossi. Vederlo spingere quella mano oltre la guancia, sulla nuca, sotto i capelli, per tirarmi a sé e appoggiare le sue labbra sulle mie. E aprirmele piano.

Fino a trovarci insieme dentro quella fiamma. Dove la fiamma è tanto calda che è bianca come una stella appena nata, e tutto è tanto luminoso che non si vede e non si sente più niente. E allo stesso tempo si sente ogni cosa, la trama della maglietta che non si ha avuto la pazienza di togliere, la durezza nervosa delle nostre nocche intrecciate, la rotondità dei nasi a strofinarsi l'uno sull'altro.

La fiamma del peccato. Il film, un altro classico, si chiamava così. Ma non è una fiamma, il peccato. La fiamma brucia prima. Il peccato è il buio che resta intorno quando la fiamma si spegne. È l'alba fredda e grigia che ti gela i vestiti in cui hai dormito perché non avevi la forza di levarteli.

Il peccato l'ho visto sulle scale. Quando mi sono trovata lì, tra Marco che usciva dalla sua stanza al piano di sopra, e Alex al piano terra, col sorriso di chi non sospetta, perché ci crede troppo, ed era passato ad avvertirmi che andava a casa per organizzare le ultime cose prima della partenza.

Della «grande avventura», come l'ha chiamata lui.

Erano lì insieme, Alex e Marco. Ma non si guardavano. Tutti e due guardavano me. Ognuno a modo suo.

Alex, con lo sguardo rassicurante di un adulto, che mi porgeva la mano per portarmi a realizzare un grande progetto con lui. Per starmi accanto mentre programmavo il mio destino, per chiedermi di aiutarlo mentre si organizzava il suo, di destino.

Futuro?

Marco, che invece aveva gli occhi terrorizzati di un ragazzo che poteva solo offrirmi la supplica di non andarmene, di restare con lui per avere di nuovo quello che avevamo appena avuto, per mischiarci ancora come ci siamo sempre mischiati. Per desiderarci tanto come ci siamo sempre desiderati. Desiderati al punto di sperare e sognare l'uno di essere l'altro. Perché in fondo è l'altro che decide per te e tu per lui, e nessuno decide per sé.

Passione?

20 luglio, Roma

Sera

La mano trema. Ma non posso fare a meno di scrivere per provare a calmarmi, visto che…

... ho appena fatto l'amore con Eva dopo tanto tempo.

Non so neanche com'è iniziato. Eravamo lì, davanti alla porta del bagno, a parlare del mio futuro a Milano e del suo a New York. E l'ho baciata. Senza pensarci. Senza immaginare le possibili conseguenze. Eravamo lì, io e lei, da soli. E non sarebbe più capitato, probabilmente. E sì, non ho resistito: le ho preso il viso tra le mani e l'ho baciata.

Quando si è staccata mi sono sentito morire dentro. Che cazzata che hai fatto, ho pensato, mentre lei si allontanava verso le scale. Voleva scendere, andarsene da me, forse da quello che aveva appena provato. Ma, con il piede sul primo gradino, si è fermata. E, lentamente, si è voltata verso di me, guardandomi come non aveva mai fatto prima. Poi è tornata indietro, per ricominciare a baciarmi.

Siamo finiti qui, in camera mia. E abbiamo fatto l'amore tra le lacrime e la paura per le nostre vite che si stavano allontanando in maniera così definitiva.

È stato strano. Dolce, ma anche rabbioso. Pieno d'amore, ma pure di un'incredibile, lacerante disperazione. Sulla scrivania, che un secondo prima era piena di fogli e giocattoli di Mimmo, abbiamo riprovato sensazioni dimenticate. È stata, in un certo senso, un'altra prima volta per me. C'era la stessa tensione, la stessa emozione. C'era paura. C'era amore.

E adesso sono in camera, mentre in giardino c'è ancora gente che si diverte e festeggia la maturità. Forse Eva è in soggiorno a chiedersi: E adesso che faccio? Domani mattina un aereo dovrebbe portarla a New York, con Alex, a iniziare la sua nuova vita. Ma certo non può ignorare quello che è successo solo pochi minuti fa. Ci sono cose che non è possibile infilare in uno scatolone, metterci su l'etichetta ACQUA PASSATA e cacciare da qualche parte in soffitta.

Non posso credere che partirà davvero con lui. Sono sicuro che anche lei ha sentito qualcosa di magico. Quella forza che non ci fa mai stare troppo lontani. Quel legame che non ci permette di considerarci due cose distinte, due persone che possono mettere migliaia di chilometri fra loro senza soffrire.

Già, Alex. Quando siamo scesi, lui stava rientrando. Non credo abbia capito niente di quello che è successo, infatti l'ha baciata e le ha dato appuntamento per domani, per la loro «grande avventura». Così l'ha chiamata, mentre io fermo sulle scale stringevo i pugni dalla rabbia.

Eva non gli ha risposto, non ha aperto bocca. Forse ha annuito piano. Poi si è voltata verso di me. Mi ha fissato. E io sono risalito per rifugiarmi qui. Non so se si sono detti altro. Non penso. Che potevano dirsi?

«Mi sembri strana, Eva, qualcosa ti turba?» potrebbe averle chiesto. E lei? Forse avrebbe mentito, o magari no. Avrebbe approfittato di quell'assist per sbattergli sul muso tutta la verità: «Amo Marco, voglio lui, non ho intenzione di lasciarlo qui a Roma da solo. Io e lui siamo fatti per stare insieme, mi dispiace, non volevo incasinare tutto, però adesso addio».

Alex è tornato a casa. E lei ora dovrà decidere: o me, o lui, o nessuno. Non ha altre scelte. Ne ha tre. E non sono poche.

E io, che faccio? Continuo a restare qui, senza sapere bene quello che sta succedendo?

* * *

Mi sono affacciato alla finestra. La festa continua. Ho visto Walter e Carlotta che si baciavano in un angolo, anche loro ignari di quello che è accaduto in questa camera poco fa. Ma ora devo farmi forza e scendere, per affrontare Eva.

Non posso rimanere qui mentre lei probabilmente decide il suo destino, e quindi anche il mio.

Io non sono una delle tre opzioni. Io sono la sua sola decisione possibile. E lo deve sapere. Lo deve sentire. Dalla mia voce.

Scendo.

20 luglio, Roma

Sera tardi

Alex è uscito, Marco è rientrato nella sua camera con un gigantesco punto interrogativo sulla faccia, tipo «fammi sapere».

E io mi sono seduta lì, sulla sedia accanto allo stipite della porta del salotto.

Come una vecchia signora piena d'acciacchi nella sala d'attesa del medico della mutua, ho cominciato a vagare con lo sguardo per la stanza, in cerca di qualcosa che mi distraesse da quello che era appena successo.

E, soprattutto, da quello che *sarebbe* successo non appena avessi avuto il coraggio di alzarmi da lì e affrontarne le conseguenze.

Mi guardavo intorno e mi sono fermata sulla tivù spenta. E lì m'è venuta l'idea per un *talk show*. Lui e lei sono una coppia, stanno sul palco, raccontano la loro storia, come si sono conosciuti e tutto il resto. In sala, come nel *Costanzo Show* quando faceva «Uno contro tutti», un pubblico di sole coppie. Subissano di domande quelli sul palco, li attaccano, cercano di sottolineare le debolezze del loro rapporto, di farli confessare che anche se stanno insieme si sentono soli. Il verdetto viene dai telespettatori. Si può votare soltanto sì o no: «La coppia sul palco ha la C maiuscola?» Se ce l'ha bene, se non ce l'ha la rivedremo la volta successiva in platea, a mettere sotto un'altra coppia, a cercare di farla cadere, di portarla ad ammettere che le manca qualcosa, che a letto si sogna una persona diversa da quella che si ha accanto.

È il talk show più crudele del mondo perché, in fondo, quando stiamo insieme a qualcuno – o almeno adesso mi sembra così – non sappiamo *quanto* è vero che stiamo *insieme*. Non sappiamo se abbiamo la C maiuscola. E ci guardiamo continuamente intorno per trovare conferme alle nostre speranze prima e alle nostre paure dopo.

Così parliamo di lui alle nostre amiche. All'inizio elenchiamo tutti i suoi pregi, diciamo che è bello e forte, che ci fa ridere, che sua madre è fantastica e ci adora, che assomiglia a Justin Timberlake o a Bernardo Corradi, che quel film che tutti giudicano uno schifo, visto nella poltrona accanto alla sua invece ci è sembrato bellissimo – e tanto poi non l'abbiamo visto veramente perché ci siamo baciati tutto il tempo.

Diciamo queste cose perché ci vogliamo *credere*. Perché vogliamo sperare di aver trovato la persona giusta, quella che ti salva da una vita di sofferenze d'amore, solitudini e frustrazioni.

Poi però trascorre un po' di tempo, e i nostri discorsi con gli amici cominciano a cambiare. Dai grandi pregi passiamo ai piccoli difetti. Così i nostri poveri confidenti scoprono che quel modo che ha lui di masticare sempre la gomma, anche quando parla con noi, in fondo ci dà fastidio; che non dovrebbe mangiare con la bocca aperta, e nemmeno passare tutte quelle ore davanti alla PlayStation; che non c'è motivo di girare per casa in tuta di acetato, calzini di spugna e ciabatte da doccia quando in casa ci siamo noi; che è pigro, che ormai ci fa fare sempre le stesse cose.

E che non riusciamo più a guardarlo come lo guardavamo prima.

Ma perché raccontiamo tutte queste cose agli altri? Non dovremmo già saperle? Non dovrebbero stare così in fondo al cuore da non poterle neanche recuperare per poi rovesciarle nelle orecchie degli altri? Non è che parliamo soltanto per farci rassicurare?

Non è che se parliamo *bene* lo facciamo per sentirci dire che con quel ragazzo ci sta capitando una cosa bellissima e dobbiamo insistere e che sono tutti tanto felici per noi che abbiamo trovato l'altra metà della mela? Non è che se parliamo *male* lo facciamo perché il nostro confidente ammetta che sì, non possiamo più andare avanti così e forse quella storia è finita e dobbiamo solo affrontare la realtà?

Perché abbiamo bisogno che siano gli altri a darci queste risposte, spesso prevedibili, spesso distratte?

Perché noi non *sappiamo*. Quando continuiamo a blaterare che siamo tanto felici non sappiamo se è vero e se durerà. E quando ci lamentiamo di sentirci infelici, quando cantiamo la messa funebre al nostro rapporto non sappiamo se il problema è il rapporto o se invece non gli stiamo imputando mancanze che vengono da più lontano. Magari dal posto più lontano da noi che ci sia al mondo: il fondo di noi stessi.

Oppure sono tutte stronzate, e io sto cercando di dimostrare a me stessa che è così per tutti, mentre è così soltanto per me.

Per me che devo scegliere tra Marco, che

mi vuole qui con sé, e Alex che mi vuole a New York.

Per me che devo scegliere tra il ragazzo che mi ha spezzato il cuore e quello che me l'ha ricucito, ma evidentemente non abbastanza bene da nascondere la cucitura.

La cucitura fa male, pulsa più del cuore. La cucitura è Marco che non vuole proprio uscire da me.

Ci vorrei andare, a quel talk show, anche a costo di farmi dare della sciacquetta, dell'indecisa, della mangiauomini, per farmi magari spiegare cosa devo fare. Chi devo scegliere, dove devo andare.

× × ×

Chi è Marco, per me? Rileggo le pagine più vecchie di questo diario.

Gliene ho dette di tutti i colori, gli ho scaricato addosso tanti di quegli insulti che mi chiedo come faccia a restare in piedi. Narciso, egoista, immaturo, autoindulgente, vigliacco, lamentoso, debole, sfuggente. Persino «troppo peloso».

Vediamo Alex: «bello», «forte», «determinato», «adulto», «intelligente», «fascinoso». La sera che l'ho incontrato, su queste pagine ho appuntato che mentre litigava con me perché avevo criticato il suo dessert non abbassava lo sguardo. Lo teneva fisso su di me. Non si difendeva, attaccava.

Marco invece, quando litigavamo, gli occhi li abbassava sempre. Non voglio essere cervellotica, ma secondo me è quello il suo modo di attaccare.

Marco attacca facendoti capire che l'hai ferito. Te lo chiarisce proprio con quegli occhi che sembrano creparsi dall'interno, come una palla di vetro che casca a terra.

È la sua tattica per costringerti a fare un passo indietro. Perché quando gli butti in faccia che secondo te non ti ha dato abbastanza o che magari, come quando mi ha respinto a Londra, non ti ha dato una chance – non *ci* ha dato una chance – lui non sta pensando: Le ho fatto male. Sta pensando: Oh, mio Dio, sono un uomo davvero orribile, tutti i peggiori sospetti su di me sono fondati. Non arriverò da nessuna parte. Eccetera eccetera.

Casomai non fosse chiara la differenza: Marco pensa sempre a sé. Anche quando cerchi in ogni modo di farlo pensare a te.

Ecco, lo sto criticando di nuovo. Probabilmente domani lo lascerò per sempre e lo sto criticando ancora. Come è successo già decine di volte in questo diario.

Ma so anche perché lo criticavo. Perché mi lasciava sola a lamentarmi con il mio diario, invece di entrare nella mia stanza, abbracciarmi e chiedermi: «Cosa stai facendo?» e sentirmi rispondere: «Scrivo male di te», e a quel punto cominciare a baciarmi, magari ammettendo che me lo meritavo, se soffrivo tanto per lui.

Marco mi veniva voglia di insultarlo soltanto quando avevo tempo di scrivere il diario, perché lui se ne stava in camera a strimpellare e se per caso io entravo mi diceva: «Eh? Cosa?» e capivo che aveva voglia di stare per i fatti suoi.

E quando non era così, quando desiderava stare con me, io, non so per quale motivo, lo sapevo sempre. Avevo sviluppato un paio di antenne invisibili. Vibravano e correvo nella sua stanza.

E correvo perché, nonostante tutto, anche il più egocentrico tra i suoi discorsi su di sé mi sembrava comunque il più interessante che avessi mai sentito. Perché Marco, quando mi parlava di sé, in realtà mi parlava di me. È inutile: lui mi sta dentro, non posso farci niente.

E c'è una ragione anche dietro a quella valanga di complimenti ad Alex. Quando scrivo questo diario so che, in quel preciso istante, lui sarebbe disposto a stare con me. Alex mi costruisce intorno un senso di libertà, equilibrio e indipendenza tali da darmi l'impressione che tutto quello che faccio abbia una ragione, sia una mia scelta, nasca dalla mia volontà. Scrivo il diario perché lo voglio scrivere, studio perché voglio studiare, vedo Alex perché voglio vedere Alex.

È questo il segreto e la forza della mia storia con lui. È una storia che si fonda su decisioni che appartengono a ciascuno di noi. E che non ci porta mai lontano dai nostri obiettivi.

Alex mi ha portato lontano soltanto da una cosa: Marco.

E proprio ora che ci sta per riuscire definitivamente, a strapparmi da lui, ho pensato bene di mandare a monte tutti i suoi sforzi.

× × ×

Ma li ho mandati a monte sul serio? È davvero successo qualcosa che può rimettere tutto in gioco?

E se non fosse capitato niente? Se *semplice-*

mente fossi salita al piano di sopra, avessi incontrato Marco, avessimo fatto quella breve chiacchierata sul nostro avvenire e *semplicemente* ci fossimo salutati, scambiandoci tanti auguri per i rispettivi progetti futuri, finalmente divergenti, finalmente indipendenti l'uno dall'altro?

Se non fosse accaduto niente forse potrei partire per New York e farmi la mia vita con Alex. Non sarebbe successo niente né per me, né per lui.

Tanto per Marco non è successo niente comunque. Oddio, certo ora lui è convinto del contrario. È convinto che quando mi vedrà partire per lui sarà peggio di una frustata sul cuore. Si precipiterà nella sua stanza-tana, non risponderà alle telefonate di Walter, tratterà un po' male Rudi, si metterà triste alla finestra a contare i colori del tramonto.

Per tre o quattro giorni.

Poi ci scriverà sopra una canzone. E probabilmente sarà stupenda.

La registrerà, tirerà fuori un sorriso bianco e bello come una margherita e la vita gli sembrerà di nuovo luminosa.

Che ne sai, Marco? Magari ti sto facendo un favore.

Il favore di partire e di andarmene via da te. Per sempre.

E adesso te lo vengo a dire. Anche se mi pare di essere inchiodata qui, a questa sedia, giuro che ora la trovo la forza di alzarmi e venire da te.

Fra un minuto, magari.

20 luglio, Roma

Sera tardi

Eva giù non c'era. Non stava in cucina, e nemmeno in soggiorno. Allora sono uscito, ho incrociato Walter, e gli ho chiesto di lei. Lui mi ha indicato la finestra illuminata della sua camera: «Mi sa che è lì», ha risposto.

Ecco, coglione che non sei altro, hai cercato dappertutto e non hai bussato alla sua camera? Ho fatto per rientrare, deciso ad affrontarla. Ma qualcosa mi ha bloccato, forse la paura di ascoltare una verità che continuavo a respingere con tutte le mie forze: fare di nuovo l'amore con me è stato un momento di debolezza, lei ormai si è messa con Alex, non ti devi illudere.

Così mi sono voltato e ho richiamato Walter. L'ho pregato di comportarsi da amico come forse non aveva mai dovuto fare prima di oggi: «Adesso io ti chiederò di portarmi lontano da questa casa, tu non mi farai domande, non mi chiederai perché, non parlerai. Ho bisogno del tuo aiuto, ma non posso spiegarti il motivo».

E Walter non è a caso il mio migliore amico. Forse qualcosa ha capito, forse no. Ma non ha fatto domande. Si è avvicinato a Carlotta, le ha sussurrato qualcosa all'orecchio, poi è tornato da me sventolando le chiavi della macchina di suo padre: «Guido io, ti sfoghi tu», ha detto prima di sorridermi.

E così ho guardato ancora per un attimo la luce accesa in camera di Eva. Ma poi ho puntato dritto al cancello e sono uscito senza più girarmi.

20 luglio, Roma

Notte

Sono entrata nella tua stanza e non c'eri. Straordinaria la tua capacità di non essere mai nel posto giusto al momento giusto.

Non eri nel posto giusto due ore fa, quanto ti ho trovato nel disimpegno e parafrasando i Tiromancino, è «crollata» d'un tratto «la fortezza» del mio intento di non toccarti più.

E non sei nel posto giusto – chissà mai dove sei andato a cacciarti – adesso, che torno nella mia camera con la consapevolezza che non mi permetti neanche di salutarti e di dirti la cosa più amara e dura del mondo, ammesso che lo sia anche per te: forse non era veramente ricominciata, quando ci siamo presi poco fa, ma sicuramente è finita ora che ci lasciamo e me ne vado in America.

Magari non è neanche necessario che te lo dica. Quando tornerai e non mi troverai non sarà difficile capire. Una stanza vuota vale più di mille parole.

Ma, semplicemente, se fossi stato nella tua camera, disposto ad ascoltarmi, mi avresti risparmiato di sedermi lì, a guardare le tue cose nella penombra.

È strano quanto gli oggetti riescano a impregnarsi dei sentimenti delle persone che hanno intorno. È un po' come quella storia del mare che ti raccontano alle elementari: che il mare si scalda al sole per tutto il giorno e poi alla sera ributta fuori tutto il suo calore, quando invece la terra e la sabbia si sono raffreddate.

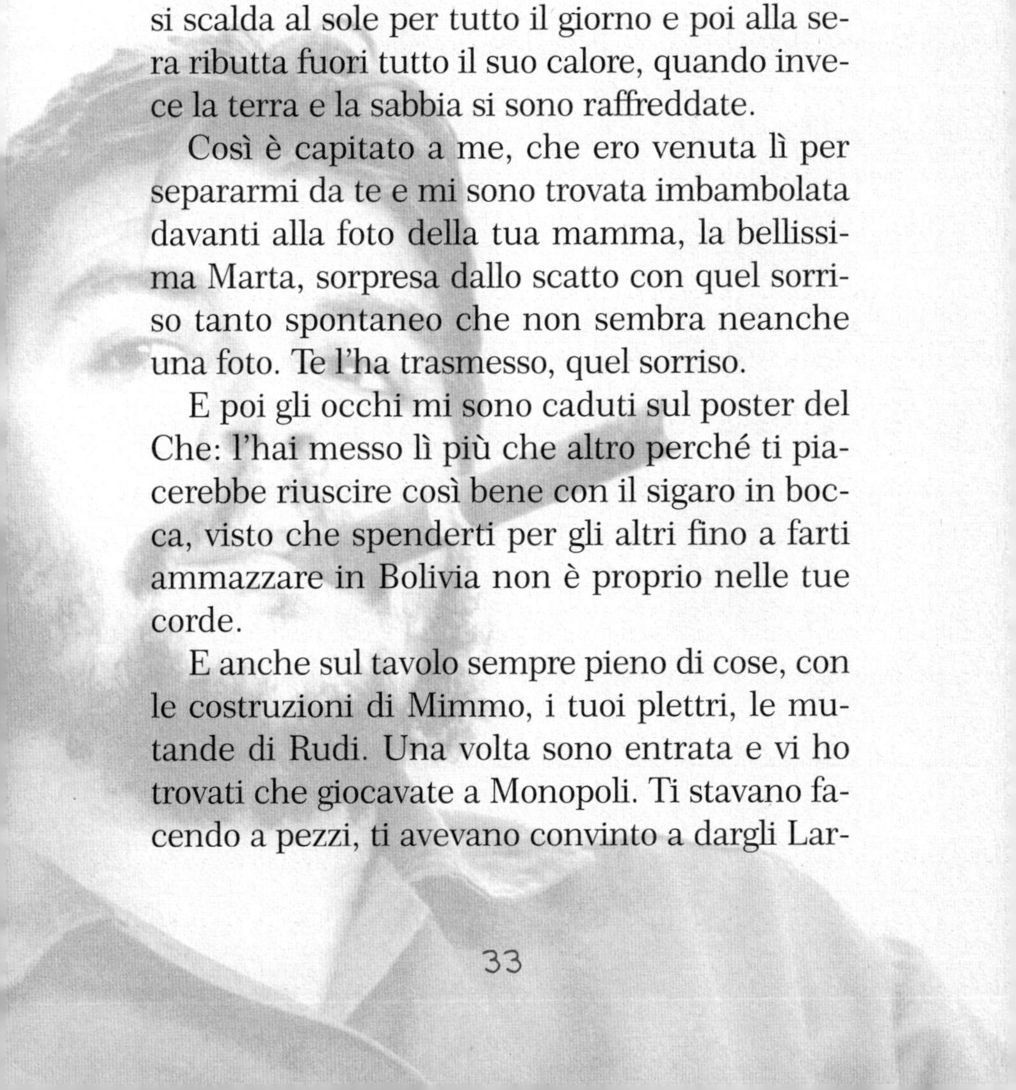

Così è capitato a me, che ero venuta lì per separarmi da te e mi sono trovata imbambolata davanti alla foto della tua mamma, la bellissima Marta, sorpresa dallo scatto con quel sorriso tanto spontaneo che non sembra neanche una foto. Te l'ha trasmesso, quel sorriso.

E poi gli occhi mi sono caduti sul poster del Che: l'hai messo lì più che altro perché ti piacerebbe riuscire così bene con il sigaro in bocca, visto che spenderti per gli altri fino a farti ammazzare in Bolivia non è proprio nelle tue corde.

E anche sul tavolo sempre pieno di cose, con le costruzioni di Mimmo, i tuoi plettri, le mutande di Rudi. Una volta sono entrata e vi ho trovati che giocavate a Monopoli. Ti stavano facendo a pezzi, ti avevano convinto a dargli Largo Augusto per i tre azzurri e in due giri avevi dovuto ipotecare tutto.

E infine ecco il tuo armamentario musicale: i due amplificatori, la torre di tastiere, le cuffie Sennheiser che ti sono costate due week-end a fare lo sguattero in bottiglieria. Un giorno ti ho scovato accucciato accanto all'amplificatore come uno scoiattolo con la sua ghianda. Tenevi la chitarra sdraiata a terra e pizzicavi semplicemente una corda a vuoto, lavorando con le manopole dell'amplificatore per trovare il suono giusto. Sono rimasta lì a osservarti per cinque minuti.

Quante volte l'ho guardata quella stanza, dal tuo letto, quando i nostri genitori erano al lavoro, i ragazzini a lezione e il liceo era occupato. Entravamo a scuola, ci facevamo vedere da Lucia in corridoio e poi correvamo a casa a fare l'amore. Dopo tu andavi in bagno e io restavo lì, e quella stanza di tre maschi, che puzzava di caprone, piena di poster slabbrati, di polvere e casino, mi sembrava il mio posto.

Ora non più. E se anche fosse, ormai ho fatto la mia scelta. Perciò questa lacrima viene fuori perché c'è polvere, e io me ne torno nella mia camera a passare questa notte che non passa mai.

20 luglio, Roma

Notte

Walter mi ha portato tutta la notte in giro per Roma. E ogni volta che esco col buio questa città cerca di proteggermi, di sorridermi, di emozionarmi. Non credo riuscirei mai a vivere in un posto diverso: il Colosseo illuminato, le luci dei chioschi notturni che vendono fiori, i lampeggianti della Polizia che si riflettono sui palazzi, gli odori e la poca gente in giro.

Alle tre del mattino ci siamo fermati dal solito porchettaro. E mentre Walter cercava il modo di non pagare il conto sostenendo che nel suo panino c'era un ragno, io ne ho approfittato per sedermi da solo in un angolo. A pensare.

E ho immaginato casa. Gli sgoccioli della festa. Ho pensato che Carlotta avrebbe raggiunto Eva in camera: magari Eva si sarebbe confidata con lei, o forse avrebbe fatto come me con Walter. «Portami in un posto senza fare domande», le avrebbe chiesto.

Per un attimo tutto mi è parso chiaro: Carlotta che resta in macchina, Eva che scende e suona al campanello. Alex che apre assonnato e si sorprende di trovarla lì a quell'ora, lei che non vuole entrare, che dice: «Non è il caso», e senza mai abbassare lo sguardo aggiunge: «Ho appena fatto l'amore con Marco, mi dispiace. Buona fortuna per tutto».

Poi Walter è tornato, e gli ho dovuto dare i soldi: non è riuscito a convincere il proprietario sulla provenienza del ragno. Così abbiamo pagato. «Ti porto in un posto fico», mi ha proposto poco dopo. E io, che di tornare a casa proprio non avevo voglia, ho risposto: «Sì».

Alba

Siamo finiti in un pub dei Parioli a ubriacarci. Walter, per tutta la notte, ha rispettato il patto: nessuna domanda. Mi ha offerto solo amicizia pura, e io in cambio gli ho offerto un sacco di birre.

Il locale era davvero pieno di gente e Walter, come al solito, ha cominciato a fare il cretino finendo per attirare l'attenzione di alcune ragazze che stavano a due tavoli da noi. Mi ha guardato, io ho fatto di «no» con la testa, ma lui mi ha ignorato ed è andato a chiamarle.

Erano tre, carine e sbronze. Quasi peggio di noi. Walter sparava battute a raffica, mentre io stavo zitto e continuavo a bere. A un certo punto una di loro si è avvicinata un po' di più a me, approfittando del fatto che Walter ha accompagnato le altre due fuori a fumare.

«Perché c'hai 'sta faccia da depresso?» mi ha chiesto a bruciapelo.

Non sono riuscito a trattenermi, e le ho raccontato di getto una storia assurda. Come una lattina agitata e aperta all'improvviso, le ho vomitato addosso diecimila parole al secondo. Tutto quello che avevo dentro, e che Walter non doveva e poteva sentire.

E la storia (con le sue facce tra parentesi) era più o meno questa:

Sono innamorato di mia sorella (allibita) e ho appena fatto l'amore con lei (sconcertata), che però fra poche ore probabilmente partirà con il suo fidanzato (incredula) per andare a vivere negli Stati Uniti (non aveva più facce).

Quando Walter è rientrato con le altre due, l'ho pregata di non dire niente. Ma lei ha sorriso, e ha commentato semplicemente: «Volevi solo impressionarmi, questa storia è assolutamente incredibile».

A quel punto ho capito che mi restava soltanto una cosa da fare: continuare a bere, bere e bere.

21 luglio, Roma

Mattina

Sono uscita di casa con le valigie e poco dopo è arrivato il taxi per l'aeroporto, con su Alex. Ne aveva chiamato uno bello grosso, una Multipla, perché avevo un sacco di valigie.

La partenza l'ho preparata all'ultimo momento («Certo tesoro, ce li ho pronti i bagagli, chiama pure il taxi»). E giù a correre, a buttare tutto dentro con la stessa cura con cui s'infila un k-way nella sacca.

Davanti avevo Lucia, appena tornata dal campeggio, e Alice: sedute una sul suo letto, l'altra sulla sedia. Non sapevamo bene cosa dirci, avevamo tutte paura che se soltanto avessimo aperto bocca saremmo scoppiate a piangere.

Giravo per la stanza raccogliendo roba e mettendola sul letto. Poi, ogni tanto, mi fermavo al centro della camera a pensare. E mamma a un certo punto si è sentita finalmente autorizzata a parlare. Si è schiarita la voce, si è concentrata un attimo e ha bisbigliato: «Le calze di lana, che è difficile trovarle».

«Mamma, vado a New York. Lì si trova tutto quello di cui si ha bisogno.»

«Speriamo tanto, tesoro», ha detto lei in un sussurro, più a sé che a me. E io ho ficcato le calze di lana in valigia, perché quando lo dice la mamma eccetera eccetera. Alice invece continuava a stare zitta.

Quando però ha visto l'armadio vuoto ha avuto una specie di vertigine. «Posso riempirlo tutto di vestiti», ha commentato con un sorriso. Per un momento ho pensato che si fosse trasformata in Sally, la sorella di Charlie Brown, che quando lo vedeva uscire col cappello da baseball per giocare le sue disastrose partite gli diceva: «Se ti centrano con la palla e vai in coma posso portare tutti i miei mobili nella tua stanza, che è più grande?»

Ma è stato solo un secondo. Perché poi il sorriso le si è incrinato e la bocca s'è curvata all'ingiù. E ha fatto due – due – singhiozzi da vera bambina. Un attimo dopo si è ripresa e ha chiesto scusa.

È stata una delle cose più tenere che abbia mai visto. L'ho abbracciata forte. Facevo finta di consolarla, ma è evidente che era lei che aveva appena consolato me. Forse involontariamente.

È che all'improvviso mi sono detta che se la mia partenza dispiace tanto a una persona pura come Alice allora forse non sono così sporca.

Certo, a vedere la mia valigia sembra che la pulizia, fuor di metafora, sia la mia principale preoccupazione: un accappatoio di spugna e uno sintetico, un beauty-case a cinque piani, un set di quegli strepitosi bagnoschiuma da erboristeria, con i microcristalli dentro che ti massaggiano la schiena. Sono favolosi quei cristalli. Te li strofini con la spugna e sembra che spariscano. Ti rigenerano la pelle. Magari ci entrano proprio dentro, la pelle, e vanno in fondo a me e fanno un po' di pulizia nella mia coscienza.

Ma poi cosa devo pulire? In fondo *non è successo niente*.

Quando Alice e la mamma sono uscite dalla stanza per prepararmi la colazione ho messo via i libri e i film. Mi sono ritrovata in mano due bellissimi titoli sulle donne. *Titanic*, che celebra la nostra purezza, *La donna che visse due volte*, che celebra la nostra doppiezza. Film scritti e diretti da uomini. Ma pazienza.

E poi, per sicurezza, ho cacciato nel bagaglio la grammatica inglese, il frasario, il vocabolario. E anche un libro: *Romanzo criminale*. Sarà scura, Roma, ma è bella lo stesso. E in ogni lungo viaggio serve almeno un libro che ti racconti casa, da tirare fuori quando ti prende quell'ansia da sradicamento che prevedo si presenterà molto presto, dopo il trasferimento. (Ora che ci penso, quando sono venuta giù da Milano non mi sono portata niente del genere, si vede che mi sentivo più sicura. Beh, in effetti, stavo con mamma e Alice.)

Vestiti, libri, toilette. Tutto di corsa, dimenticandomi che quando sei triste le cose vorresti farle con calma.

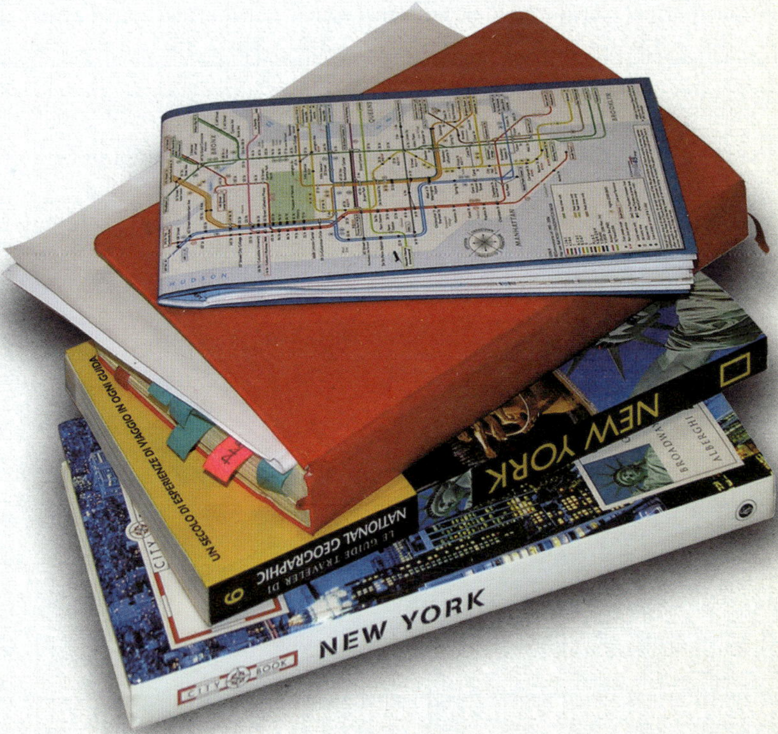

21 luglio, Roma

Mattina

Sono tornato tardi, con la testa che mi girava e le gambe molli. E ho incrociato Alice in giardino, che aiutava Gabriella a sistemare il casino della festa.

Non è stato facile nasconderle come mi sentissi quando mi ha annunciato che Eva era partita. Ma in qualche modo sono riuscito a non esplodere finché non sono entrato nella mia stanza e ho preso a calci tutto quello che trovavo a portata di piede. Poi non mi è bastato più, così con una rabbia incontenibile ho spalancato con un altro calcio la porta della sua stanza.

Sono rimasto lì, in piedi, vicino all'uscio, per qualche secondo. Infine ho aperto l'armadio e i cassetti, con la speranza che Alice si fosse sbagliata o che avesse voluto farmi uno scherzo, e che Eva non avesse portato con sé le valigie.

Ma era tutto vero: l'armadio e i cassetti erano praticamente vuoti. Tra le poche cose rimaste c'era una sua canottiera, una delle mie preferite.

L'ho presa e l'ho annusata forte chiudendo gli occhi.

A quel punto mi sono seduto sul suo letto, per provare a calmarmi. È stato in quel momento che mi sono accorto che sulla scrivania c'era una busta bianca. Se n'è andata, ma mi ha scritto, ho pensato.

Almeno questo. Proprio come avevo fatto io, quando ero scappato da lei per andare a Londra, lasciandole una lettera.

Mi sono alzato di scatto, ho preso la busta e l'ho aperta con foga. Una delusione incredibile: dentro c'erano i biglietti aerei per New York. Quella stronza era talmente occupata a scappare da me che se li è dimenticati qui.

E come pensa di partire senza?

Cos'è? Forse un modo per dirmi: «Guarda che alla fine non parto, è solo che non ho ancora trovato le parole giuste per raccontare tutto ad Alex»? Oppure un sistema che il suo inconscio ha utilizzato per dirle: «Ehi, tu alla fine non è che vuoi andarci veramente a New York!»

Ma queste sono tutte cazzate. Le cazzate di un povero imbecille che si è illuso ancora di poter avere Eva. Uno stupido innamorato che non si rassegna a stare senza di lei. Che non vuole nemmeno pensare che tra poche ore a dividerlo dal suo amore ci sarà un oceano, e non più un corridoio.

Perché mi hai fatto questo, Eva? Perché hai fatto

l'amore con me e poi sei scappata? Perché ti amo così tanto? Perché non imparo a starti lontano?

Ma, soprattutto, come si fa a starti lontano?

* * *

Adesso sono disteso a letto, e scrivo con i biglietti aerei di Eva e Alex sulle ginocchia. Sono qui, con due pezzi di carta che costano migliaia di euro e che porteranno l'amore della mia vita lontano da me. Un semplice foglietto di carta, neanche troppo colorato, con qualche scritta. Eccolo il mio destino: un biglietto aereo.

Non so cosa fare. Potrei chiamarla, avvertirla che li ha dimenticati a casa. Oppure potrei farli sparire, nessuno saprebbe che sono stato io. Li ha persi lei, no? E così guadagnerei qualche giorno, non potrebbe partire subito. Potrei provare a convincerla a non lasciarmi. Magari ha agito d'impulso, non voleva scappare davvero da me. O forse è fuggita perché mi ama, ma non ha il coraggio di dirlo ad Alex dopo che ha già una vita bella e organizzata che l'aspetta in America.

* * *

Ora ho il cellulare in mano, e sono indeciso se mandarle o meno un sms. Ne ho scritti e cancellati almeno dieci:

Brutta stronza non hai neanche preso i biglietti. Ne avevi, di fretta, eh?

Ciao, sono Marco, quello con cui hai fatto l'amore poche ore fa. I tuoi biglietti per NY sono qui. Baci.

Ciao, come stai? Scusa se ti disturbo, magari stavi facendo l'amore anche con Alex. Comunque, se vuoi partire con lui ti servono i biglietti, che sono qui, sotto un accendino. Vaffanculo.

Mi sa che in realtà non vuoi proprio partire se neanche ti ricordi che ti servono i biglietti, o no?

Sei una stronza, una bastarda, una senza cuore. E rido sapendo che senza biglietti non partirai.

Ti voglio bene, sempre e nonostante tutto. Vieni sempre prima tu, la tua felicità. I tuoi biglietti per NY sono rimasti qui.

Perché??

Adesso vengo lì e ti riporto a casa.

Dimmi che lo stai mollando, e che i biglietti li hai lasciati qui perché non ti servono più a niente.

Volevo informarti di due cose: hai dimenticato i biglietti per NY e mi hai rovinato la vita. Tanti baci forti.

* * *

Ho bisogno di chiudere gli occhi. Ho bisogno di aggrapparmi a una speranza: è soltanto un brutto incubo, e quando riaprirò gli occhi tutto mi apparirà chiaro. Eva sarà di nuovo nella sua stanza, Alex sarà a New York da solo, e io e lei ricominceremo da dov'eravamo rimasti.

Sì, aspetterò che tutti escano, mi infilerò nel suo letto e faremo ancora l'amore. Come poche ore fa.

Però adesso devo provare a dormire.

21 luglio, Roma

Mattina tardi

Quando Alex mi ha aiutato a infilare tutte le valigie nel portellone del taxi l'ho guardato con un sorriso e gli ho spiegato: «Non *volevo* dimenticare nulla».

In effetti ero uscita di casa pochi minuti prima, soddisfatta di aver fatto tutto in tempo: il taxi non era ancora arrivato e mi ero messa ad aspettarlo fuori dal cancello – anche per evitare un secondo addio con Alice e mamma – quando un raggio di sole mi ha infilzato gli occhi. E così mi sono accorta che non avevo preso gli occhiali. Ecco cos'era quella strana sensazione di aver scordato qualcosa, mi sono detta. Mi sono precipitata su per le scale, lasciando i bagagli appoggiati al cancello, sono entrata nella stanza, mi sono guardata intorno e ho visto gli occhiali sulla scrivania. Li ho presi, *scansando i biglietti del volo che stavano proprio lì*, li ho infilati e sono scesa di corsa.

Quando ci siamo accorti dei biglietti, naturalmente all'aeroporto, Alex non me l'ha fatto neanche pesare granché.

Forse anche lui, come me, voleva evitare di cacciarsi in un tunnel di paranoie sul *perché* li avessi dimenticati. E anche lui, come me, desiderava soltanto partire. Così ha provato a comprare altri due biglietti. Ma la tipa al desk gli ha detto che non c'era verso, che tutti i voli del giorno erano prenotati e che, insomma, a luglio è davvero difficile imbarcarsi all'ultimo minuto.

Eravamo in mezzo al terminal delle partenze internazionali. La gente ci correva intorno con i trolley, il passo innervosito dalla paura di volare.

Noi lì, fermi, un po' disorientati. E per un attimo, solo per un attimo, Alex mi ha fissato strizzando un tantino le palpebre e soppesandomi con lo sguardo: certo pensando che l'avevo fatta davvero grossa.

E quella sua occhiata eloquente mi ha messo in crisi: il mio proposito di comportarmi come se la sera prima *non fosse successo niente* ha vacillato. Perché se lui silenziosamente mi diceva «L'hai fatta grossa», io – altrettanto silenziosamente – gli rispondevo: «Sì, e non hai idea di quanto. Va molto al di là dei biglietti». Meno male che la storia che ci si può capire soltanto con gli sguardi non è poi così vera.

E comunque si è trattato solo di un momento.

Lo stesso in cui è arrivato il messaggio di Marco:

Hai lasciato i biglietti qui.
Sto venendo a portarveli.

Siamo andati ad aspettarlo al bar. Due spremute d'arancia. Ogni tanto Alex alzava gli occhi dal giornale e mi guardava. Io alzavo gli occhi dalla mia rivista e gli sorridevo per farmi coraggio. Non ci siamo detti molto: l'idea di vedere Marco mi faceva tremare le gambe.

Dopo quarantacinque minuti esatti Marco ci ha raggiunti con i biglietti in mano. Alex ha insistito per offrirgli la colazione. Ma Marco si è messo a balbettare qualcosa a proposito di un suo urgentissimo impegno a Fiumicino. Un sorrisetto rapido ad Alex, quasi di scusa, e uno più lento e cattivo a me.

Stavolta gli occhi li ho abbassati io. L'ho ringraziato e salutato. E non mi sono neanche voltata mentre mi avviavo al check-in.

Perché se lo avessi fatto sono sicura che avrei visto che, nonostante il suo urgentissimo impegno a Fiumicino, Marco sarebbe stato lì, fermo a guardarmi mentre me ne andavo via, lontano da lui.

10 CANZONI PER QUESTO VIAGGIO

THE KILLERS
All These Things That I've Done

La canzone dello spot della Nike, quello delle Olimpiadi che finisce con Pistorius che corre. La canzone del trionfo della volontà. E per trasferirsi in un altro continente ne serve tanta.

RUFUS WAINWRIGHT
Cigarettes and Chocolate Milk

Perfetta per quando ti svegli, molto americana. Tazza fumante e finestra sul sobborgo industriale, vestaglia pesante a corazzarti contro l'aria straniera e gelata del mattino.

THE STROKES - Hard To Explain

Il pezzo che canta la New York sofisticata e talentuosa in cui ho riposto le mie ambizioni. Chiacchiere intelligenti da salotto, un buon drink, bei vestiti, una scampagnata agli Hamptons nel week-end.

U2 - Beautiful Day

Per me rappresenta la canzone dell'emergenza. Me la immagino lì, sotto una teca di cristallo con un martelletto accanto. Se ti gira male, rompi la teca e l'ascolti, perché ha il potere di trasformare il malumore in entusiasmo. Ma non bisogna abusarne né assuefarsi, perché – proprio come un ansiolitico – può spalmarti sulla faccia un sorriso idiota e stupefatto. Se mai a New York mi rapinassero il primo giorno che esco dopo le sette di sera, come da cliché, spero che non mi prendano anche l'iPod. Perché ascolterò questo pezzo nella sala d'aspetto del commissariato.

JOVANOTTI - A te

La gratitudine per qualcuno che ti ha trovato ai margini della strada, mentre ti chiedevi cosa fare della tua vita e dei tuoi sentimenti, e ti ha teso una mano.

SONIC YOUTH - NYC Ghosts & Flowers

INTERPOL - NYC

Ecco le canzoni dell'altra New York, diversa da quella degli Strokes. Qui si canta la città magica, gotica, romantica, quella del Chrysler Building che brilla ai fosfori verdi come un indice livido puntato verso il cielo, a indicare un brutto presagio.

Un posto che pullula di fantasmi di artisti falliti, di attrici che si sono ridotte a fare di peggio. Un telefono che squilla alle due di notte, tu rispondi e dall'altra parte non c'è nessuno. Le pale di un ventilatore che girano piano a sminuzzare i pensieri sospesi nella stanza, in una notte troppo calda per dormire.

BONNIE PRINCE BILLY
I See A Darkness

Ogni tanto si spalanca una piccola botola e cado dentro me stessa. Come nel *Signore degli Anelli*, scendo e trovo una cava. Mi sembra abitata dai miei pensieri più scuri. Eppure mi pare calda, forse è una fornace, forse qualcuno ci sta tagliando dentro un diamante. Questa canzone racconta la tristezza, la visione della tenebra dentro di sé, con delicatezza e maestosità insieme. Se fuori piove e hai voglia di appoggiarti alla finestra finché il tuo respiro non l'appanna tutta, questo è il pezzo giusto.

KAISER CHIEFS
Everyday I Love You Less and Less

La canzone depravata, smidollata e fichetta per eccellenza: «Ogni giorno ti amo un po' meno», nonostante – parafraso il resto del testo – tu mi ami ogni giorno di più. Un brano che suona come un monito, per me: cerca di fare esattamente il contrario di quello che questo strepitoso rock'n'roll ti suggerisce di fare. Cioè assecondare il tuo peggiore istinto distruttivo: fare la principessa sul pisello o la rockstar a seconda dei casi, quella cui tutti devono *tutto*. E se non ti danno *tutto*, via. Troverai gente migliore.

ELLIOTT SMITH
Pretty (Ugly Before)

Se viaggi devi sempre tenerti un pezzo che esalti la tua nostalgia di casa. Certi stati emotivi vanno vissuti fino in fondo, o no?

Questo è uno dei brani preferiti di Marco. La identifico con la casa, con le nostre stanze. Quando ne avrò nostalgia potrò sentire questa canzone.

C'è sempre un punto di rancore nella nostalgia, e viceversa. Si può provare un po' di rancore nel pensare che se qualcuno avesse avuto la forza di trattenerci non saremmo partiti. E non proveremmo nostalgia.

Altrimenti non ci sarebbero inseguimenti all'aeroporto e gente che batte i pugni sulla vetrata che dà sulle piste di decollo nel finale del classico film sentimentale.

A me non è mai successo. Neppure questa volta.

21 luglio, Roma

Mattina tardi

Vorrei fare un resoconto tecnico della mattinata, come se fosse un verbale dei Carabinieri. Devo scrivere tutto, perché non ho intenzione di dimenticare mai quello che è successo, anche se fa un male cane.

Alla fine non ho dormito. Ho chiuso gli occhi solo per qualche minuto. All'improvviso, d'istinto, le ho mandato un sms per avvertirla che i biglietti glieli avrei portati io.

Sono arrivato all'aeroporto e li ho visti subito, in un bar. Ho riconosciuto le valigie gialle di Eva. Sono rimasto immobile per qualche secondo, con i loro biglietti in mano. Li guardavo, poi osservavo solo Eva. Li guardavo ancora, e fissavo soltanto Alex. Studiavo tratta, orario, costo, chilometri, e poi alzavo gli occhi per associare i biglietti a quella coppia: Eva e Alex.

Alla fine lei si è voltata e mi ha visto. Mi ha indicato ad Alex che mi ha sorriso. Lei, invece, non ha fatto una piega. Nessuna emozione. A piccoli passi è venuta verso di me, mentre Alex è rimasto a presidiare i bagagli. Le sono andato incontro, piano, con il braccio teso per darle i biglietti.

Ci siamo fermati, uno davanti all'altra. E il tempo, come succede spesso in questi casi, si è fermato con noi. Un vortice di pensieri mi ha risucchiato: prendila e portala via, senza una parola; gridale che l'ami e che non le permetterai di partire; quanto sei bella; dimmi che Alex sa tutto, che vi state salutando e dicendo addio per sempre; perché sei scappata senza di me? Dimmi che mi ami anche tu; baciami qui davanti a tutti.

Ma quello che ho fatto, in realtà, è stato restare lì a fissarla, imbambolato. Lei non mi ha quasi mai guardato negli occhi. E allora io ho sorriso, con la morte nel cuore, mentre cercavo di dare un punteggio a tutte le frasi che m'ero preparato mentalmente, per trovare la migliore da dirle.

Però, appena ho cominciato a muovere la lingua, è arrivato Alex, a darmi grandi pacche sulle spalle e a ringraziarmi per avergli portato i biglietti.

«Figurati, nessun problema per me», gli ho risposto fissando Eva. «Adesso però scusatemi, ho un impegno urgente da queste parti.»

Ma quello che avrei voluto urlare, con tutta la disperazione che avevo dentro, era ben altro: Eva, dove stai andando senza di me?

E poi c'è stata la stretta di mano con lui, un

freddo bacio sulla guancia a lei, prima di voltarmi per uscire dall'aeroporto.

Godetevi la vostra «grande avventura», ho pensato con rabbia appena fuori mentre, giocherellando con le chiavi, tornavo alla macchina sforzandomi di non piangere.

Persa. L'avevo persa senza alzare un dito.

21 luglio, New York

Pomeriggio

Va beh, lo dicono tutti e lo dico anch'io. Decolli alle dieci, stai in volo otto ore e, col fuso, atterri a mezzogiorno ora locale. Il giorno più lungo della tua vita, tanto più se è estate.

Il taxi dall'aeroporto di Newark a New York è il battesimo del fuoco delle dimensioni americane. Ci sono più corsie, più macchine, più cartelli, più svolte che in qualunque altra strada tu abbia mai visto. Perfino il turbante dell'autista pakistano era grande come un pouf. Ci mancava solo il gatto acciambellato sopra.

A metà tragitto abbiamo superato un tir che trasportava una casa prefabbricata. Il comignolo era vicino al tubo di scarico del camion, che all'americana stava in alto, dietro l'abitacolo, come una ciminiera. Per cui sembrava che il comignolo fumasse, e mi è piaciuto pensare che la famiglia fosse tutta lì dentro, intorno al camino acceso, a farsi trasportare. E lui, il capofamiglia Bob, stesse al tavolo mentre la moglie Cindy gli portava il tè, impegnato a segnarsi a margine del giornale le offerte di lavoro più adatte a lui a New York.

Ti fai tutto il New Jersey, che è come lo vedi nella sigla de *I Soprano*: hangar prefabbricati pieni d'insegne di ditte mai viste e mai sentite, la serie B del capitalismo americano, tutto basso, massimo dieci metri, le casette con la veranda e l'uomo col grembiule con la scritta spiritosa, la paletta per voltare gli hamburger sul barbecue e i bambini lì vicino che strillano nella piscina gonfiabile. Allegro, sinceramente allegro se come me e come qualsiasi viaggiatore appena atterrato hai ancora voglia di fermarti alle apparenze.

Poi ti trovi davanti New York. Improvvisamente, dalla precedente altezza di dieci metri, passi ai cento, duecento, fino a oltre quattrocento.

Ci sono milioni di motivi per cui qui hanno deciso di prendere questo piccolo pezzo di terra sull'oceano e di riempirlo di cemento e di persone, più persone e cemento di quanto fosse mai possibile immaginare prima che venisse costruito.

Alex mi ha spiegato che a un certo punto volevano farne un gigantesco centro direzionale, per raccogliere nello stesso posto tutti i manager e i funzionari d'America, per catalizzare il sistema, far circolare le informazioni, gli ordini e gli affari più velocemente.

Questa si pensava fosse la modernità negli anni Trenta.

È incredibile: consideriamo i grattacieli il più grande simbolo della modernità, ma la verità è che da quando sono stati inventati internet e i cellulari non c'è più alcun motivo per stipare decine di migliaia di persone in un solo edificio. Una telefonata funziona meglio di un giro di posta pneumatica.

E poi, e questo lo dico con una punta di sincera tristezza, se in un palazzo lavorano solo trenta persone non vale la pena di farci schiantare un aereo. Comunque, se pure il grattacielo è obsoleto da un punto di vista storico, io non la voglio pensare così.

Per me New York è un luogo talmente speciale che tutta la gente del mondo ha sempre cercato di trasferirsi qui. E siccome a un certo punto non c'era più spazio per ospitarla, ma c'era ancora la *voglia* di ospitarla, a qualcuno è venuta l'idea di stiparla in verticale. Costruendo giganteschi, infiniti letti a castello – perché non definire così i grattacieli? – in cui dormire e sognare un futuro luminoso per sé e per gli altri. Così la voglio vedere.

In uno di questi palazzi-quartieri c'è l'appartamento di Alex, il primo posto che ho imparato a conoscere di New York. Bello, elegante. Ventitreesimo appartamento al ventitreesimo piano. Un numerologo ci scriverebbe un saggio. Due librerie con una finestra in mezzo, un tavolo con due sedie, un divano bianco. Parquet sui pavimenti. Una cucina che non sembra quella di un cuoco, tanto è piccola e pulita. «Se ti abitui a una cucina di cento metri quadri per cucinare per trecento persone, ne basta una di tre per cucinare per dieci.» Mi è fumata la testa per fare il calcolo, ma credo abbia ragione.

La camera da letto mi ha fatto un po' effetto, sulle prime. La spalliera è occupata da un poster lungo, con foto di melanzane. Alex sostiene che sono tra le poche cose che a New York proprio non si riescono a trovare. E poi, per carità, la foto è bellissima.

Ma resta il fatto che dormo sotto cinque melanzane, il che mi fa una certa impressione.

Quello delle melanzane è un po' un estremo, comunque io una persona con una divorante passione per qualcosa come quella che c'ha Alex per la cucina non l'ho mai incontrata. Marco con la musica, Walter con la buffoneria e Alice con il suo sapere non ci si avvicinano neanche un po'.

Guardavo la sua libreria. Splendide foto di cibo, splendide foto di ristoranti. Ricettari di qualunque genere. Poi trovo un manuale di chimica. Mi volto verso Alex, glielo mostro incuriosita: Lo vedi che hai anche altri interessi? sembro chiedergli con gli occhi. «La cucina è fondamentalmente la trasformazione chimica di un cibo. Se non hai qualche rudimento di chimica non vai da nessuna parte, in questo mestiere», mi spiega.

Rimetto a posto il libro.

Alex ti incanta quando parla di cucina, di coltivazione della terra, di prodotti. Cammina per strada, nella strada fritta e grassa di New York, odore di würstel e metropolitana come se ti stessero arrostendo una locomotiva piena di salsicce dentro una narice, e lui riconosce il profumo di un pomodoro che viene da dietro il vicolo. «Questo c'ha i San Marzano», dice. Gira l'angolo e ci trova l'*Italian Grocery*.

Coltivare con tanto impegno una passione vuol dire risolversi la vita. Significa non conoscere la noia e impegnarsi come pazzi. E così vedersi più bravi ogni giorno che passa, senza dubbi sul fatto di avere compiuto la cosa giusta per sé.

Quant'è *giusto*, Alex. Quant'è etico, se l'etica è onorare passo dopo passo il proprio progetto di vita.

Io faccio parte di quel progetto. E ne sono molto orgogliosa.

E il mio progetto su di me?

Incredibile, ci penso solo adesso, ma sono venuta qui per cercare di imparare a fare la giornalista.

21 luglio, Roma

Pomeriggio

Sono appena tornato da un lungo giro a piedi per la città, e ho preso una decisione abbastanza folle.

Prima, però, è meglio fare un piccolo passo indietro.

Tutto è nato da un negozietto di libri usati, dalle parti di Campo de' Fiori. Vagavo senza una vera meta per la città, e alla fine ho cercato di perdermi fra i vicoli per provare a non pensare a niente. E l'ho visto, con due cartoni di libri appoggiati su una sedia, all'ingresso. E la scritta

COMPRO E VENDO LIBRI

È un posto strano, molto piccolo e davvero incasinato. Una lunga stanza, quasi un vagone ferroviario stipato di libri. Una signora, dietro una minuscola scrivania, mi ha sorriso quando sono entrato. Stava leggendo un libro di poesie. «Benvenuto», mi ha detto. Non sentivo quella parola da tanto tempo, e la sua gentilezza mi ha quasi commosso.

Quindi ho cominciato a sfogliare libri a caso, più che altro per cercare di non pensare a Eva. Poi, all'improvviso, mi sono imbattuto in quella frase di Ignazio Silone: Il destino è un'invenzione della gente fiacca e rassegnata.

Era in un volumetto di aforismi e proverbi. Mi sono bloccato, e ci ho pensato un po' su. Che vuol dire? Che il destino non esiste, che possiamo cambiare il corso delle nostre vite solo agendo, volendo, facendo? Sì, forse era questo il senso dell'aforisma. Ho chiuso il libro. Ci ho appoggiato sopra una mano. Ho chiuso gli occhi. Ho immaginato Eva a New York, probabilmente appena atterrata all'aeroporto con Alex. E, senza aspettarmi qualcosa di preciso, ho riaperto il libro a una pagina a caso.

Ancora una volta, è successo qualcosa di davvero strano. Ecco un proverbio yiddish: Se il destino di un uomo è annegare, annegherà anche in un bicchiere d'acqua.

Un'altra frase, esattamente l'opposto dell'altra, ho riflettuto prima di comprare il libro e uscire dal negozio. «Buona giornata», mi ha salutato la signora, con la stessa gentilezza di poco prima.

Ho ripreso a camminare lentamente: via del Biscione, Campo de' Fiori, via dei Balestrari, vicolo del Polverone, via Giulia fino a Ponte Sisto. E, a metà ponte, mi sono appoggiato alla balaustra a rimirare la cupola di San Pietro.

Ho guardato anche giù l'acqua non proprio pulita del Tevere. E ho ripensato a come si fa ad annegare in un bicchiere d'acqua. Sì, forse il destino non si può cambiare. Però probabilmente ci si può avvicinare, al destino, per farsi vedere meglio, per obbligarlo a ricordarsi di te, a notarti in mezzo a tutte le persone che passano per questo ponte, che vivono in questa città, in questo Paese, su questa Terra.

Ok, destino. Non mi vuoi con Eva? Benissimo. Però io intendo renderti il lavoro difficile. Voglio un'altra prova per smettere definitivamente di pensare a lei. Devo essere sicuro che davvero tu pretendi questo da noi due. Poi, lo giuro, mi metterò l'anima in pace e ricomincerò a vivere. Senza di lei.

È così folle quest'idea che neanche riesco a scriverla:

... domani parto per New York!

Mi sono dato ventiquattr'ore di tempo, e una missione semplice: vagherò senza meta per la Grande Mela e aspetterò, aspetterò che il destino mi faccia incontrare Eva per caso. Desidero solo questo: un'ultima maledetta possibilità. Poi, davvero, se è destino chiuderò per sempre la porta su di lei. E guarderò avanti.

New York si estende per quasi ottocento chilometri quadrati e ci sono più di otto milioni di abitanti. Non conosco l'indirizzo della sua nuova casa. E nemmeno quello del ristorante di Alex: certo, a casa i miei ce l'hanno, ma fingerò che non sia così. Addirittura, siccome lei frequenterà la Columbia University, non bazzicherò da quelle parti. Per il resto occhi chiusi, dito puntato a caso sulla cartina della città, e via: a piedi, in taxi, in metropolitana, in autobus, in bicicletta. Ventiquattr'ore per dire al destino che io non mi arrendo facilmente.

È chiaro che le probabilità di incontrarla per caso, in un giorno solo, sono praticamente pari a zero.

Però, anche se dovrò annegare in un bicchiere d'acqua, almeno potrò dirmi che non apparterrò mai alla gente fiacca e rassegnata. Io, una possibilità al nostro amore, gliela do. Pazzesca, lo ammetto, ma gliela do.

* * *

Il passaporto elettronico ce l'ho (benedetto Walter e la sua idea di prepararli per il dopo-maturità, per fare un bel viaggio prima dell'università o del lavoro), il cambio euro/dollaro è favorevole (e con quello che ho in tasca e in banca ce la dovrei fare), la scusa ce l'ho («Ciao papà, allora io vado a Milano qualche giorno per trovare casa, vedere la scuola, ambientarmi, ok? Ciao, ciao, vi chiamo»).

Non manca niente. Devo solo cercare un volo e un hotel su internet, preparare un bagaglio leggero e comprarmi una cartina di New York.

Andrò in America per la prima volta nella mia vita. Sì, sono un po' emozionato. E contento di me. Del fatto che sto imparando a lottare e a non scappare più di fronte agli ostacoli. Mi regalo un «bravo Marco». È il primo, e sarà anche l'ultimo. Ma ora ho davvero bisogno di darmi la carica.

22 luglio, New York

Mattina

Primo giorno alla Summer School della Columbia University: appunti

Sono l'unica italiana, per fortuna: mi tocca parlare inglese.

Magari alla fine del corso scriverò questi appunti in inglese.

Quattro pakistani, una francese, due americani, io, un russo e due tedeschi.

Siamo un piccolo *melting pot*. Se Oliviero Toscani capita da queste parti ci fotografa.

Che cos'è una notizia

Un evento si trasforma in notizia quando viene raccontato a qualcuno.

La notizia è tanto più buona quanto più la persona che te la racconta è stata vicina all'evento.

La notizia è completa se offre cinque risposte alle cinque domande più importanti sull'evento. Le cinque vu doppia:

Who? Chi?
When? Quando?
Where? Dove?
What? Cosa?
Why? Perché?

Prima esercitazione

Prendete l'evento più drammatico cui abbiate assistito nell'ultimo anno e costruite lo schema della notizia rispondendo alle cinque domande:

Who? Io e Marco
When? L'altroieri
Where? In camera sua
What? Abbiamo fatto una cazzata
Why? Perché mi sembrava terribile non vederlo più

22 luglio, Roma

Mattina

La valigia è pronta. Ho fatto il biglietto elettronico e prenotato l'albergo. I miei li ho intortati alla grande. Ho pensato che dovrò tenere il cellulare a casa, perché se qualcuno mi chiama dall'Italia potrebbe sentire un messaggio preregistrato in inglese e capirebbe subito che non sono a Milano. E sarebbe la fine.

Ma che sto facendo? Forse sono semplicemente fuori di testa. Mi siedo per terra un secondo. Poi mi rialzo. Mi risiedo. Faccio sette flessioni prima di crollare dalla fatica. È difficile rimanere calmi, non pensare a lei, scaricare la tensione che ho dentro.

E adesso ho davanti otto ore di aereo. Otto ore fermo, senza la possibilità di alzarsi, aprire il portellone e farsi una corsa nel cielo, a schiarirsi le idee, a confondersi con le nuvole, a provare a cercarla anche lì, tra le scie degli aerei che si incrociano. Poi tornerei al mio posto, l'hostess mi chiederebbe: «Ha gradito la passeggiata, signore?» e io farei di sì con la testa prima di ordinare un altro succo di pomodoro condito, e i salatini.

Otto ore ad ascoltare musica, a guardare fuori dal finestrino, a contare le teste che spuntano dai sedili di fronte a me. Otto ore sono qualcosa come quattrocentottanta minuti. Non ho mai fatto un volo così lungo. Da solo, poi. Anche se comunque a tratti sento che potrebbe essere una delle esperienze più forti che mi capiteranno nella vita. Insomma, non so se lo dico perché comincio a sentire un po' di adrenalina, paura, pianto e ansia e tutto il resto in fondo alla gola, ma potrei anche essere un vero eroe romantico.

C'è qualcuno che farebbe quello che sto per fare? Sì? Dopotutto non è niente di speciale, no? Prendo un aereo, vado a New York, cammino per un giorno, riprendo l'aereo, torno a Roma, ricomincio con la vita di sempre.

Sì, in effetti cosa c'è di eroico in una cosa del genere?

Devo smettere di scrivere. Meglio le flessioni. E più di sette.

* * *

Sono appena andato nella stanza di Eva. Alice non c'era, così me la sono guardata di nuovo, con calma: che ci faremo di quel letto adesso che lei non è più qui? Ho aperto il suo armadio, e sbirciando ho visto il cappellino viola a righe che le avevo regalato un po' di tempo fa. È sempre nel cellophane. Mi sa che quando mi ha detto che le piaceva mi ha mentito. O, forse, l'ha buttato in un angolo dell'armadio per non pensarci più, per non dover tornare con gli occhi ogni giorno alla nostra storia finita, o quasi.

Comunque l'ho preso: lo porterò a New York come portafortuna.

22 luglio, New York

Sera

Avevo insistito con Alex perché non venisse a prendermi all'uscita dalla Columbia. Del resto è difficile perdersi, qui. È tutto squadrato. Stai tra la Quarantaduesima e la Quinta e devi arrivare tra la Seconda e la Trentaduesima? Tre blocchi a destra e poi dritto a sinistra per dieci blocchi.

Nella prima vera passeggiata che ho fatto da sola ho visto tutte le cose che appaiono nei film. L'esercito della salvezza, le vetrine infinite di *Macy's*, i batteristi da strada col rullante a tracolla, un negozio di diamanti gestito da ebrei ortodossi con l'abito scuro e i cernecchi. Tutto *forte*, assolutamente nuovo per me. Belle facce, tutte diverse, su passi decisi.

Sono rientrata a casa di buonumore. E stava solo per migliorare. Alex mi aveva preparato una cena *kaiseki*.

La somiglianza tra il suono della parola e

quello dell'espressione «Chissà che cazzo è?» descrive bene il mio livello di conoscenza.

Alex me l'ha spiegato. In Giappone ce ne sono tante di cucine. Il sushi è roba da strada. Come il panino con la porchetta a Roma o l'hot dog qui.

La gente che vuole mangiare davvero bene, invece, sceglie la cucina kaiseki. Ogni cliente, un cuoco; l'equivalente della cerimonia del tè. Lunghe sequenze di piccole porzioni, quasi un singolo boccone, di pesce, crostacei e verdura.

Il fatto che le porzioni siano piccole tiene il costo *al cuoco* sotto i cinquecento dollari a cliente. Di poco.

Stavamo lì, con lui in piedi a saltare i bocconi e sistemarli nelle ciotole, e io seduta davanti alla tovaglietta nera, la scodellina bianca e le bacchette rosse, che gli raccontavo l'emozione della lezione. Interrompendomi soltanto per stupirmi di quanto ogni cosa fosse di poco più buona della precedente. Di poco, sennò la successiva poteva deludere. E invece no, era di poco più buona pure quella.

L'emozione della lezione. Il professore, Grady, un tipo sul metro e settanta, in giacca con le toppe, cravatta di lana e occhiali tondi, è uno di quelli che dicono cinque cose importanti e la sesta è una battuta. Non è una battuta che fa sorridere, fa proprio ridere. Sembra talento, la voglia di far ridere la classe. E invece no, serve a *spezzare*. Mentre ridi nella mente si depositano le cinque cose di prima. E alla fine della lezione ti ritrovi che *ne sai di più*, perché ti hanno tenuto sveglia l'attenzione.

La soglia dell'attenzione di un essere umano medio, leggo su internet, è stimata in quarantacinque minuti. Le lezioni della Columbia durano quarantacinque minuti. Qui ci tengono a metterti in condizione di stare sempre attento. Forse è la cosa a cui badano di più. Se ti beccano distratto ti richiamano subito, la famosa sesta battuta è su di te. E gli altri ridono di te, ma con gentilezza, guardandoti negli occhi, solidali.

Vogliono che tu stia attenta perché tutto quello che dicono è importante; come la storia di Bob Woodward che Grady ci ha raccontato oggi, per esempio. Uno che nel 1970 fa il praticante, nel 1971 viene preso al *Washington Post* e nel 1973 vince il premio Pulitzer per aver fatto cadere Richard Nixon, *il presidente degli Stati Uniti d'America*, l'uomo più potente del mondo, grazie alla sua inchiesta sullo scandalo Watergate.

E questo semplicemente perché Woodward e Carl Bernstein, il suo socio nell'inchiesta, volevano sapere di più. Ogni volta che incontravano un muro, qualcuno che non voleva parlare o glissava sulle loro domande, capivano che sotto c'era una verità scomoda. E cercavano di sfondare il muro.

Così, muro dopo muro, hanno abbattuto quello della Casa Bianca. Uno a trent'anni e l'altro a ventinove.

Sono qui solo da due giorni, ma una cosa l'ho già capita. C'è un immenso rispetto per quelli che si sforzano di fare più degli altri, che puntano sul loro entusiasmo giovanile per inventarsi qualcosa di nuovo, che sia una spola per arrotolare i rocchetti delle macchine tessili o una miscela di carburanti capace di spingere gli Shuttle un po' più in alto, un sito web che censisce le capre del Minnesota contando le corna e dividendole per due o un articolo sugli illeciti del Comitato per la rielezione di Nixon tanto dettagliato e inattaccabile da far cadere il presidente.

Qui si crede molto nelle cose che si fanno, e negli individui che le fanno.

E all'improvviso, mentre stavo lì ad assaggiare dei funghi in farina di mais appena scottati nell'olio di sesamo, ho pensato: Dove sono?

Sto in un appartamento pieno di luce a sessanta metri d'altezza, a parlare dei miei progetti con un uomo che mi racconta i suoi, mentre mi fa assaggiare squisitezze che non ho mai mangiato in una città che prima d'oggi non ho mai visto.

Ci siamo guardati per un attimo, ci siamo sentiti vivi, ci siamo baciati e siamo andati a fare l'amore sotto le melanzane.

22 luglio, Roma

Mattina tardi

Sono più o meno otto ore di volo. Se faccio una media di cinque minuti a canzone, e se penso che ogni quarantacinque minuti spengo per un quarto d'ora l'iPod, alla fine ascolterò circa settanta canzoni.

Creo una nuova playlist, tanto la notte sarà lunga e non chiuderò occhio. E queste, di sicuro, saranno le prime dieci canzoni che ci infilerò:

INTERPOL
Say Hello to the Angels

Questo pezzo lo ascolto sempre quando vado a correre. Mi dà una carica pazzesca, anche se ha quella vena malinconica che non ti si stacca di dosso neanche dopo che ti sei fatto la doccia.

KEANE - Crystal Ball

Quando parte il ritornello di solito mi viene istintivo alzare gli occhi al cielo, in cerca di un segno, di qualcosa che mi confermi che sì, la vita può ancora essere meravigliosa.

PEARL JAM - Wishlist

Un brano con parole da brivido, ma sostenuto anche dalla voce di Eddie Vedder. Non è male pensare di essere il pedale del freno di una macchina che sta guidando la tua ragazza. Ti schiaccia col piede, certo, magari alle volte anche con rabbia, ogni tanto più dolcemente, però la sostanza non cambia: non può fare a meno di te.

COLDPLAY - Yellow

Di questa canzone, all'inizio, mi aveva colpito soprattutto il video. Chris Martin che passeggia su una spiaggia mentre piove e tira vento. Poi, però, se chiudi gli occhi e non guardi più la tivù ti accorgi che questo pezzo è un capolavoro.

THE KILLERS
Bling (Confession of a King)

Questa mi sembra perfetta per sorvolare l'oceano. Anzi, me la devo ascoltare a tutto volume appena metto piede negli Stati Uniti. Mi darà la carica giusta. Avrò un sacco da camminare, poco tempo, e tanta forza da trovare. Questa canzone vale come una barretta energetica. O forse anche qualcosa di più.

DEATH CAB FOR CUTIE
I Will Possess Your Heart

Un brano ipnotico, ossessivo, che dura più di otto minuti. Mi fa venire in mente qualcuno seduto ai tavolini esterni di un bar, che ogni mattina guarda la stessa ragazza che va al lavoro o a scuola, e che sogna di poterla avvicinare senza averne mai il coraggio. «Io possederò il tuo cuore», si dice ogni giorno. Ma poi resta lì, ad aspettare la mattina successiva.

SUEDE
The Wild Ones

Che bella immagine c'è qui dentro. Correre con la ragazza che ami assieme ai cani. Magari sulla battigia, in uno dei primi giorni di settembre. Mi sembra qualcosa che si avvicina molto al concetto di «felicità».

U2 - One

Una di quelle canzoni che non ti stanchi mai di ascoltare. La canzone perfetta. Il singolo d'amore per eccellenza. E quel video pazzesco, con un lui e una lei disegnati sui tettucci di due auto diverse che girano per Berlino. E che alla fine si scontrano frontalmente. Quale metafora migliore per una storia d'amore? All'inizio? Alla fine? Chi lo sa.

RAF - Il nodo

Al momento è l'unico pezzo italiano. È difficile, per me, non piangere quando l'ascolto. E nonostante Raf quasi lo sussurri, ti sembra di sentirlo, chiaro, l'urlo disperato e inconsolabile di un amante ferito.

THE EDITORS
Smokers Outside the Hospital Doors

In questo brano, si dice che passare in macchina o a piedi davanti a un ospedale e vedere la gente che, nervosa, fuma appoggiata alle porte, è la cosa più triste che c'è. Beh, penso esista ben di peggio. Resta comunque una gran bella canzone.

22 luglio, New York

Pomeriggio

Il JFK è davvero enorme. Ero l'unico passeggero a viaggiare con il bagaglio a mano, e infatti mi hanno fatto un sacco di storie quando mi hanno scattato la foto e preso le impronte: zaino svuotato e perquisizione completa.

E poi via, fuori dalle porte in cerca della metropolitana.

Ero ancora disorientato, e non riuscivo a ricollegare le migliaia di foto che ho visto di New York con la realtà.

Ma quando sono uscito dalla stazione, e mi sono ritrovato nel cuore di Manhattan, ho alzato gli occhi al cielo e quello che ho visto è stato...

QUESTO!!!

Non sono qui per fare il turista, non sono qui per ammirare il panorama, non sono qui per scoprire un mondo nuovo: sono qui per aiutare il destino a farmi incontrare Eva. Però sarei un bugiardo se non ammettessi che questa città, sin dal primo momento, mi è sembrata magica.

Sera

Scrivo dall'hotel. Sta più o meno tra la Terza e la Cinquantunesima, non lontano da Central Park, a prima vista. Ma non ne sono sicurissimo. La stanza è minuscola: va bene per un single, o per una coppia davvero molto innamorata. La distanza tra il water e la doccia, in bagno, è praticamente inesistente. Nel senso che puoi senza problemi lavarti e… insomma, puoi fare due cose contemporaneamente.

Ho steso la cartina della città sul letto. Ora dovrò chiudere gli occhi, avvicinarmi e abbassare il dito: il punto in cui lo appoggerò sarà la mia prima meta. Il percorso per arrivarci sarà abbastanza casuale, mi fiderò dell'istinto, delle indicazioni dei passanti, dei cartelli, la prenderò larga, farò delle deviazioni, mi fermerò. Non lo so. Eva potrebbe trovarsi in qualsiasi punto della città in qualsiasi momento.

O, magari, già a casa. A Roma. Sarebbe il colmo. Ma è comunque una possibilità. Assurda, certo. Però... lei che arriva negli Stati Uniti, lei che non riesce a guardarlo negli occhi, a mostrarsi contenta della «grande avventura». Lui che comincia a capire che qualcosa non va, lei che non resiste, che vuole dirgli la verità, che si lascia andare, che piange, che rivela: «Ho fatto l'amore con Marco, forse non dovrei stare qui a New York, ma da lui a Roma». Lei che prende l'aereo la sera stessa, lui che neanche l'accompagna all'aeroporto, che distrugge il suo appartamento, lei a ottomila metri che già pensa a casa, che ragiona sul modo migliore per farmi la più bella sorpresa di sempre: «Ciao, sono tornata, scusa se ci ho messo un giorno ma sono qui, per te, per sempre». Poi atterra a Fiumicino, prende il treno fino alla stazione Termini, un taxi fino a casa e... «Marco è a Milano, torna fra qualche giorno», le direbbe Lucia. E lei, un po' delusa, se ne starebbe in camera sua ad aspettarmi.

Ma sto solo sognando. Lei è qui, a New York, e quindi è meglio che mi dia una mossa. Devo solamente camminare. Camminare il più possibile.

Quindi, basta scrivere.

Devo uscire. Subito.

Ho soltanto ventiquattr'ore.

Chiudo gli occhi. Abbasso il dito. Lo punto qui:

New Jersey
New York
World Financial Center
Battery Park City
Tribeca
Soho
West Side Hwy
West St
9A
Laight St
Hubert St
N Moore St
Franklin St
Greenwich St
Hudson St
Varick St
Canal St
Grand St
Spring St
Lombardi's
Kenmare St
Broome St
Mercer St
Broadway
Crosby St
Ave of the Americas
Walker St
White St
Leonard St
Centre St
Lafayette St
Hester St
Elizabeth St
Mott St
Bowery
Cuny Manhattan Community College
W Broadway
Church St
Duane St
Chambers St
Warren St
River Terrace
N End Ave
Murray St
The College of Insurance
World Trade Center
City Hall
Park Pl
WTC
Brooklyn Bridge - City Hall
Cortlandt St
Liberty St
Fulton St
Broadway-Nassau St
Worth St
Hogan Pl
Baxter St
Mulberry St
Pell St
Pearl St
Park Row
E Broadway
Oliver St
Madison St
Rose St
Catherine Slip
Frankfort St
Dover St
Gold St
Ann St
John St
Albany St
S End Ave
Rector St
Wall St
Cedar St
Nassau St
William St
Water St
Front St
FDR Dr
Broad St
Pine St
Maiden Ln
New St
Beaver St
Bowling Green
Stone St
Bridge St
Whitehall St
South Ferry
State St
1st Pl
Castle Clinton National Monument
Brooklyn Battery Tunnel (Toll road)
478
278
S Street Via
South Street Seaport
Brooklyn Bridge

23 luglio, New York

Alba

Girare in una città che non conosci. Passare accanto a migliaia di persone, tutte con un obiettivo preciso: il lavoro, andare a trovare qualcuno, fare jogging, comprare il giornale, uscire per prendere un po' d'aria.

Anche se in realtà anch'io ho un obiettivo, benché non abbia idea di come raggiungerlo. O, meglio, devo fare in modo che sia il destino a scegliere per me.

La mia prima meta è il World Financial District, poco lontano da Ground Zero. Cerco di arrivarci tagliando in diagonale Manhattan. Dal computer della hall ho visto che Google Maps mi suggerisce di percorrere tutta la Terza per tre chilometri e mezzo, poi Broadway per due e mezzo e infine svoltare a destra.

Già che c'ero, prima di uscire ho scritto una mail a casa dicendo che ero a Milano, che la scuola era bella e che avevo dimenticato il cellulare da qualche parte. E speriamo che se la siano bevuta.

Mattina

Cammino da due ore. Sono fermo da *Starbucks* per una breve pausa e guardo la cartina immaginando Eva che si muove come una trottola da una parte all'altra della città. Immagino le nostre traiettorie che si sfiorano, che si incrociano, che si allontanano.

Chissà se in questo momento è con lui, oppure da sola in giro per New York, magari in un altro *Starbucks*, a gustarsi il mio stesso cappuccino. Oppure è alla Columbia University a informarsi sui corsi, o a conoscere qualche futuro compagno di studi. Ecco, la Columbia la evito, credo che sarebbe sì difficile, ma più probabile, trovarla da quelle parti. E ho intenzione di tener fede al mio impegno: solo per caso, solo se il destino vuole.

Nessuna forzatura, nessun aiuto, nessun trucco.

* * *

Eccomi qui, seduto su una panchina ad ammirare la Statua della Libertà.

Ho incontrato almeno sei ragazze simili a Eva

nelle otto ore di cammino senza direzione: una in libreria (da dietro era identica), una ferma al semaforo (stessi capelli), una che usciva da un negozio di vestiti con quattro borse per mano (stesso sorriso e stessa altezza). Le altre tre le ho viste da lontano, e disperato le ho rincorse per rendermi conto, ogni volta che mi avvicinavo, che non assomigliavano per niente alla mia Eva.

Il Financial District è alle mie spalle. Ora riposo un po'. Ho scattato qualche foto col cellulare, e lascio un po' di spazio sulla Moleskine, così a Roma le stamperò piccole e le incollerò proprio qui sotto.

Qui sopra metterò la foto di un semaforo.

Non so perché, ma è un'immagine che mi piace molto.

E qui la foto di una serie di palazzi, con le caratteristiche scale antincendio sulle facciate. Quando mi sono fermato per scattarla ho pensato all'idea di una via di fuga in caso di problemi. Ho riflettuto su come gli uomini mettono sempre in conto un «piano b»: va a fuoco la casa, gli ascensori sono pericolosi, mettiamoci anche le scale fuori.

Mi sono detto che non ho ancora previsto un mio «piano b»: cosa farò se alla scadenza delle ventiquattr'ore non avrò trovato Eva?

Scrivo una lista di «piani b», veloce, senza rimuginarci su troppo:

1. Mi butto dal ponte di Brooklyn o dall'Empire State Building
2. Torno a Roma in nave
3. Resto a vivere a New York, lavorando come cameriere e suonando nei locali quando capita
4. Torno e vado direttamente a Milano, alla scuola di musica
5. Cerco di innamorarmi della prima che passa
6. Cerco di non innamorarmi più
7. Smetto di fare liste inutili e di scrivere sempre tutte le cazzate che mi passano per la testa

* * *

Nello zaino ho il libro degli aforismi che ho comprato prima di partire. Ogni tanto mi fermo e ne leggo qualcuno. I più belli me li segno su piccoli post-it che poi attacco sulla Moleskine, o qualche volta provo a impararli a memoria per passare il tempo e non pensare sempre e solo a lei.

Per gli amanti
fuggire è codardo.
È non voler
affrontare il pericolo.
E il pericolo è divenuto
così raro nella vita
moderna!

Oscar Wilde

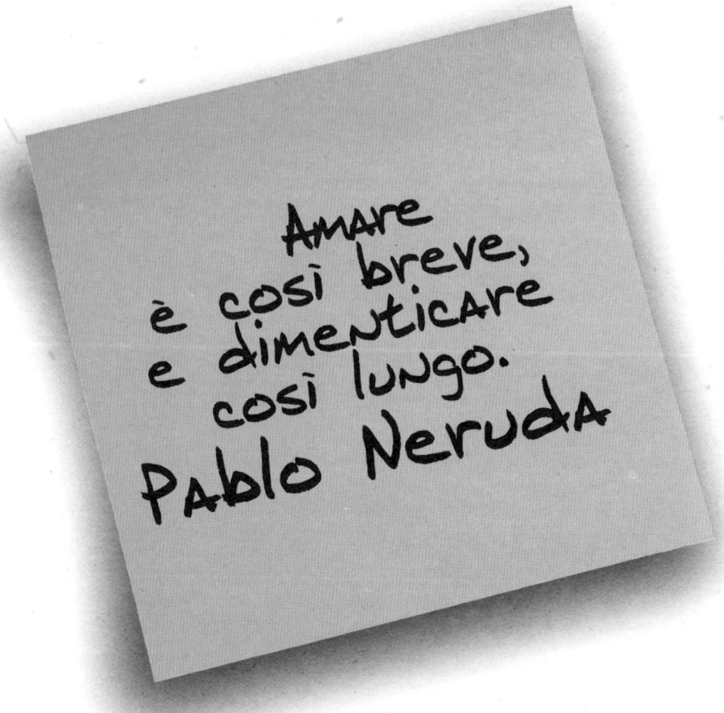
Amare
è così breve,
e dimenticare
così lungo.
Pablo Neruda

Il ponte
fra la disperazione
e la speranza è una
buona dormita.

Anonimo

23 luglio, New York

Mattina

Altri giri per New York. Un po' di shopping. È strano, ma mentre sistemavo nell'armadio i vestiti che ho portato qui, vestiti che ho molto amato per anni, all'improvviso mi sono sembrati vecchi.

A New York si trova qualunque genere di abiti: ce n'è per tutti i gusti e gli stili e l'assortimento è così enorme da farti perfino girare la testa e mandarti in confusione. Ti chiedi: Quale sarà il vestito giusto per me tra *tutti quelli disponibili sulla Terra*?

Sapere che è il mercato a costringerti a vestirti come vuole lui sarà anche una noia. Ma è tranquillizzante. Sai che quella certa maglia con quella certa scritta è la più carina che hai trovato.

New York invece ti offre l'opportunità di trovare proprio la *tua*, la T-shirt che ti rappresenta più di ogni altra al mondo. La scritta che c'è sopra può essere l'aforisma della tua vita.

Così giri per le bancarelle e i negozietti, o i giganteschi magazzini tipo *Macy's*, appunto (quindici ettari di esposizione, quindici volte la vigna dei Cesaroni), in cerca della maglietta perfetta. E alla fine, quando *non* l'hai comprata, capisci che è perché non sai ancora qual è l'aforisma della tua vita e nemmeno quale sia davvero il tuo colore preferito.

Insomma, non ho comprato niente. Però, di posto in posto, sono arrivata a Central Park. Qui c'è un punto che, stranamente, dà l'impressione che il parco sia più grande della città, come se Manhattan fosse soltanto uno di quei piccoli complessi residenziali che costruiscono accanto ai campi da golf. A mezzogiorno, a Central Park, ci sono i manager che – come in *Pretty Woman* – si levano le scarpe, ci arrotolano dentro i calzini e parlano di fusioni e acquisizioni rinfrescandosi gli alluci con l'acqua fredda delle fontane. Tate e giovani madri, ognuna con il suo passeggino, che si incrociano e si salutano. Ragazzini portati lì dalle maestre, seduti in circolo, a imparare a distinguere gli alberi fuori dai libri.

23 luglio, New York

Mattina tardi

Ho preso la metropolitana e, con una tessera giornaliera, sono salito e sceso in decine di stazioni diverse. Questo modo di viaggiare l'ho imparato da te, cara Eva. Tu, appena arrivata da Milano, lo usavi a Roma per conoscere la città, per imparare le strade e cominciare a orientarti.

E ogni volta che le porte si aprivano, uscivo in mezzo alla gente sperando di trovarti sulla banchina, in attesa di salire su quel treno o sul prossimo.

E invece niente: non ti ho trovata, e intanto il tempo passa.

23 luglio,
New York

Ore 13.49

Qui vicino c'è il museo di scienze naturali, l'American Museum of Natural History. Un bel posto, con gigantesche vetrine che ricostruiscono scene di vita quotidiana nell'età del bronzo o nel medioevo. Ci sono i manichini con le clave o le calzamaglie o i vestiti vittoriani, e le scene sono talmente realistiche e curate da darti l'impressione che, se sfondassi il vetro e ci entrassi dentro, ti ritroveresti immediatamente proiettata in quel periodo lì, tipo la macchina del tempo del professor Zapotec, l'amico di Topolino.

Ma il pezzo forte è il Planetarium. Alex me lo ha raccomandato. Così sono entrata, ho preso il biglietto e ho aspettato il mio turno per assistere al Big Bang.

23 luglio, New York

Pomeriggio

Niente cartina. Niente punto di arrivo. Vago per strada senza pensare troppo, lasciandomi guidare dai piedi e dall'istinto. E alla fine, senza rendermene conto, piombo a Times Square. Non credo esista posto al mondo dove il mio stato d'animo stoni tanto con quello che mi circonda: la prima cosa che mi colpisce è un uomo in pantaloni corti e petto nudo, cappello da cowboy in testa, che suona la chitarra. I turisti fanno a gara per scattargli una foto, dev'essere una sorta di istituzione da queste parti. Ed è dannatamente troppo allegro, troppo americano, troppo tutto. E poi le vetrine: iPod e T-shirt con un logo simile a quello di Emergency, telefoni cellulari e caramelle colorate, ovunque i taxi gialli che fanno salire, portano e scaricano persone. I clacson, continui. Le urla della gente, le risate. Mamma mia quante risate, tutte dentro le mie orecchie. Risate, risate. Che cazzo c'avete da ridere che io sto morendo? Ehi, mi sentite? Sto morendo, mi manca il fiato, mi manca la mia ragazza, mi manca mia sorella. Brutti stronzi, perché non mi guardate? Sono troppo poco colorato? Cos'ho che non va? Sono troppo triste per questo posto del mondo?

E allora sapete quello che vi dico? Sparite! Tutti quanti. Voi, il vostro divertimento, le vostre macchine, le vostre case, i vostri negozi, le insegne, i megaschermi, via! Via tutto!

Sparite, perché voglio capire se Eva è qui, intorno a me, nascosta da una fila di palazzi, da un albero, da un passante, o da una macchina.

O se non ha resistito davanti a questi jeans che costano solo trentanove dollari, o se è entrata in un negozio a comprarsi una bottiglietta d'acqua, o se sta fotografando l'andamento del Dow Jones, o se sta tentando di fermare un taxi, o ci sta salendo, o se mi sta cercando, o se sta leggendo seduta sul marciapiede, o se sta salutando uno sconosciuto, o semplicemente guardando i grattacieli con il naso all'insù.

Sparite tutti, fate sparire tutto. Datemi cinque secondi di mondo vuoto, lasciate solo Eva e me e fate in modo che i nostri sguardi si incrocino per un attimo.

E invece la città continua a vivere anche senza i miei lamenti, anche senza le mie urla silenziose. E, soprattutto, anche senza di me.

Non ho il coraggio di guardare l'orologio. Ma

so che il mio tempo sta per scadere. Provo a chiudere gli occhi, a visualizzare Eva che esce di casa per andare da qualche parte. Provo a rintracciarne il respiro tra i tanti che posso tentare di percepire in questo istante. Un profumo, una traccia, un abito che riconosco. Niente, niente, sono solo, lei non c'è. Dov'è? Perché non è qui con me? Perché non corre da me ora che sono così vicino a lei?

Perché? Eva, mi senti? Lo capisci che ho attraversato l'oceano per raggiungerti? Per aiutare il destino a farci incontrare? E allora aiutalo anche tu. Sentimi. Percepiscimi. Fatti guidare dalle sensazioni, dall'amore che ancora provi per me, ne sono sicuro. E vieni qui a Times Square.

Con me. Per me. A iniziare una nuova vita insieme.

× × ×

Più tardi camminavo con gli occhi bassi dalle parti di Central Park quando mi sono praticamente scontrato con un ragazzo che distribuiva dei volantini. Gli ho chiesto scusa, lui mi ha sorriso e me ne ha dato uno: era un buono sconto per visitare il Planetarium, che si trova all'American Museum of Natural History. L'ho ringraziato e mi sono rimesso in marcia. Tra me e il primo bidone della spazzatura c'erano meno di quindici metri. E stavo già accartocciando il biglietto.

Poi... è stato un lampo improvviso...

Ho visto un'altra ragazza che da lontano sembrava Eva, anzi, che le assomigliava davvero parecchio. Attraversava la strada, di fretta. Eccola, è lei, ho pensato. Allora ho cominciato a correre, ma poi mi sono sentito uno stupido e mi sono fermato. Ma che fai? mi sono detto. Che fai? Ne hai viste mille oggi, la smetti di inseguire queste illusioni?

E a quel punto gli occhi mi sono caduti sul volantino che stringevo ancora tra le dita. L'ho riguardato di nuovo. E ho deciso di andarci, al Planetarium. Avevo bisogno di parlare con le stelle, di provare a convincerle che dovevano ascoltarmi. Aiutarmi. Visto che ormai solo il cielo poteva darmi una mano.

23 luglio, New York

Pomeriggio

Cavolo, è stato davvero il Big Bang! Ma è più probabile che sia pazza.

Beh, insomma, volevo entrare insieme agli altri ma mi sono ricordata all'ultimo momento che avevo appena finito la mia dodicesima bottiglietta d'acqua della giornata. Così sono andata a comprare la tredicesima. E, quando sono arrivata, dentro era già buio.

Mi hanno accompagnata al mio posto al centro della sala, mi sono seduta ed è cominciata la proiezione. All'inizio ho visto una serie di collisioni tra asteroidi. Un planetarium è fondamentalmente uno schermo di forma emisferica in cui la pellicola viene proiettata sulla calotta, per cui si ha l'impressione di galleggiare nello spazio. In un silenzio purissimo, il silenzio siderale, appaiono queste meteore che viaggiano da millenni ognuna con la sua velocità, fissa, perché nello spazio non c'è attrito. E se hanno la sfortuna di scontrarsi esplodono in un trionfo di luce e frastuono. Sono storie senza trama, quelle dei meteoriti nello spazio, per cui quando succede qualcosa ti sorprendono sempre.

Ecco, diciamo che a un certo punto, quando il film è finito ed è cominciato quello sul Big Bang, mi sono sentita come una di quelle meteore. Perché il Big Bang non è altro che lo spazio vuoto, nero, in cui a un certo punto si libera una luce violentissima, che ti fa bianca la faccia come se stessi davanti a un flash al magnesio. In quel momento ho voltato un po' la testa, per proteggermi da quella luce.

E, girandomi, ho visto Marco.

O almeno sono convinta di averlo visto, di aver visto la sua silhouette che s'illuminava e poi tornava nel buio. I suoi lineamenti regolari, rotondi, la bocca spalancata per lo stupore del maestoso spettacolo cui stava assistendo, i capelli con la riga in mezzo, belli, folti e neri.

Mi sono immobilizzata. Non sapevo assolutamente cosa fare. Così sono rimasta lì, le mani strette sulle gambe, ad aspettare che si formasse il sole e i pianeti prendessero ognuno la sua orbita (Perché non sono nata su Plutone? mi sono chiesta per un istante). Finché non hanno riacceso la luce in sala.

E a quel punto mi sono girata pianissimo, come si fa quando ci si sveglia dopo un incubo per paura che il mostro sia ancora lì, appollaiato sul comodino come in quel quadro di Füssli.

La persona che avevo creduto di scorgere non c'era più. Il posto era vuoto.

Sono tornata a casa e Alex mi ha chiesto: «Visto qualcosa di bello?»

«Tutto bello», gli ho risposto con un sorriso, ancora emozionata, quindi mi sono infilata nel bagno e mi sono piantata il phon in faccia per quarantacinque minuti.

23 luglio, New York

Pomeriggio un po' più tardi

Ho provato a fregarmene.

Come quando sono preoccupata perché c'è qualcuno che viaggia in macchina. Sono cresciuta negli anni delle grandi riforme sulla sicurezza stradale. Ogni giorno c'erano notizie di micidiali incidenti in autostrada, si vedevano ovunque lamiere ritorte, e quando viaggiavo mi mordicchiavo sempre le unghie per quanto mi sentivo nervosa. Costringevo papà ad andare a ottanta all'ora, praticamente sulla corsia d'emergenza, e nel momento in cui auto piene di famiglie festanti ci sorpassavano sfrecciando, mi chiedevo come mai non si rendessero conto che in realtà stavano andando alla guerra, forse al massacro.

Poi un giorno papà mi ha preso da parte e mi ha parlato di statistiche. Ha riconosciuto che sì, la macchina è il mezzo più pericoloso con cui viaggiare. Ma poi mi ha messo a confronto il numero delle auto che in un anno arrivano a destinazione con il numero di quelle che non ce la fanno. E, insomma, è saltato fuori che circa quattromilanovecentonovantanove su cinquemila se la sfangano. «Perché quell'una su cinquemila dovrebbe essere proprio la nostra?» mi ha chiesto spingendo verso di me il barattolo dei biscotti. «Siamo così speciali?» mi ha domandato. Io gli ho risposto di no e ho preso un biscotto.

Ora. Marco ha il profilo latino. Secondo me a New York ci sono almeno cinquemila individui (tanto per rifarmi alla statistica di prima, saranno venti volte di più) – italiani, portoricani, spagnoli, messicani – che hanno quel profilo lì. Anche ammettendo che Marco sia a New York sarebbe solo uno di questi.

Ammettendo che Marco sia a New York.

E perché dovrebbe esserci? Dovrebbe avermi inseguito, il che suonerebbe strano, dopo la corsa che s'è fatto a Roma per mettermi in mano i biglietti.

Ma anche se fosse, una volta arrivato a New York, come mai invece di presentarsi all'indirizzo che ho lasciato a mamma e papà o chiamarmi sul cellulare, si sarebbe messo a gironzolare per la città, magari per incontrarmi casualmente? E questo incontro, una sola probabilità sulle decine di migliaia di miliardi di combinazioni possibili in un posto che fa otto milioni di residenti e almeno il doppio di presenze quotidiane, si sarebbe dovuta *realizzare*.

Un'assurdità.

No, è assolutamente impossibile, è statisticamente irrilevante. Non riesco a concepire di essere proprio quella persona cui potrebbe succedere una cosa del genere.

Però la verità è che quando papà mi ha fatto notare che bisogna essere molto speciali per rappresentare un caso su cinquemila io gli ho risposto che no, effettivamente non lo eravamo. Ma pensavo il contrario. Perché ho sempre ritenuto di essere speciale. E quindi, prima di mettermi in macchina, pregavo Dio, dandogli del tu, di preservare la mia vita e quella dei miei cari, proprio in virtù della mia natura speciale.

Insomma, nelle statistiche non ci credo. Credo nei segni, piuttosto. E incontrare Marco durante un film sulla collisione degli asteroidi perduti nello spazio è un segno. Così ho chiamato casa. E, tra mille racconti su New York e mille domande su quanto succede a Roma, in famiglia, ci ho infilato anche Marco.

«Eh, tesoro, Marco è a Milano a fare il colloquio preliminare per l'Accademia della musica.»

Per un attimo ho pensato che fosse vero. E ho tirato un sospiro, di sollievo credo.

Poi però mamma mi ha chiesto: «Tu l'hai sentito?»

«No, perché?»

«Ah, niente, così. Il ristorante di Alex come va?»

«Bene, bene. Stanno già scegliendo tovaglie e tovaglioli, oggi arriva l'insegna (breve pausa). Ma perché mi hai domandato se l'ho sentito?»

«Mah, figurati, nulla nulla.» (Tono tranquillizzante.)

Poi: «È solo che Giulio ha provato a chiamarlo un paio di volte e ha sempre trovato staccato. Siamo sereni perché ci ha spedito una mail, ma insomma, sai come siamo fatti noi genitori».

Altra piccola pausa da entrambe le parti.

«Eva?»

«Sì, sì, scusa. No, mi stavo solo chiedendo se hai accesso al computer, in questo momento.»

«Sì.»

«Il computer su cui hai ricevuto la mail di Marco?»

«Sì.»

«Allora apri un attimo Gmail.»

«Sì. Oddio tesoro, ti ricordi la mia password?»

«È 'Alice'.» Tipico dei genitori, mettere password craccabili da chiunque (ultimo figlio, nome del cane o della moglie). E poi dimenticarsele comunque.

«Ok, ci sto dentro, sono sulla mail che ci ha mandato Marco.»

«Clicca sul pulsante destro e seleziona SHOW ORIGINAL.»

«Ok.»

«Alla voce RECEIVED cosa dice?»

«Dunque: 'from as.relay.aol.com'.»

Un altro istante di silenzio, un altro sospiro.

«Eva?»

«Niente, la tua voce va e viene. Ora ti saluto. Un bacione, mamma.»

«Un bacione grande a te, tesoro. Mi manchi tanto.»

«Anche voi. Baci baci.»

Aol.com.

In Europa questo provider non esiste.

Caro Bob Woodward, ho concluso la mia prima inchiesta:

Marco
è qui.

23 luglio, New York

Pomeriggio tardi

Al Planetarium ho parlato alle stelle. Ma non erano lì per me. Questo l'ho capito abbastanza presto. E così me ne sono andato prima che lo spettacolo finisse.

Ora sono all'hotel, disteso sul letto, e sono costretto ad arrendermi. Sono passate le ventiquattr'ore. E non ho incontrato Eva. Sì, ha vinto il destino. Una parola che mentre scrivo comincio a odiare con tutte le mie forze.

Ho perso. Lo devo accettare.

Scrivo con in mano il cappellino viola a righe di Eva. Sto pensando che forse potrei lasciarlo qui. O regalarlo a una sconosciuta. O, magari, semplicemente riportarlo a Roma, e rimetterlo dov'era.

Ho l'aereo tra otto ore. Forse potrei dormire un po'.

* * *

Ho dormito. E quando mi sono svegliato ho chiamato casa: «A Milano tutto bene; torno domani; la scuola è davvero bella; non vedo l'ora che inizino i corsi, sì, il cellulare forse è da Walter, non lo so». Una serie di bugie in fila a mio padre prima di buttare lì una domanda che ho cercato di far sembrare naturale: «Senti, papà, non è che mi daresti l'indirizzo di Eva che le devo spedire una cosa?»

E lui? Lui me l'ha dettato, poi mi ha detto che Lucia l'aveva sentita, che le era sembrata strana, e che aveva anche chiesto di me. «Sarà contenta se le scrivi o le spedisci qualcosa, forse i primi giorni a New York sono duri, sentirà la mancanza della famiglia», ha aggiunto. Gli ho promesso che avrei fatto qualcosa, e poi ho riagganciato.

Hai chiesto di me.
Hai chiesto di me.
Hai chiesto di me.

Perché scappi e poi chiedi di me? Perché prima di andartene non hai avuto il coraggio di parlarmi? Di domandarmi come mi sentivo? Se ero contento che partivi per iniziare una nuova vita con un altro?

Allora le stelle non stanno lì solo a guardarti, a guardarmi. Si muovono, combinano casini, ci scrutano. Bene, forse era questo il segno che mi mancava per prendere un'altra decisione. Sì, mi mancava quel «Ha chiesto di te» per farmi scattare in piedi a urlare: «Sto arrivando».

Sì, perché ho deciso: vado da Eva. Vaffanculo al destino e a tutte le altre stronzate che mi sono messo in testa prima di venire a New York. La devo vedere. Le devo parlare. Devo incontrare i suoi occhi. Deve guardare i miei. Devo sentire il suo respiro. Devo capire: ne ho un bisogno disperato altrimenti impazzisco, perdo la testa.

Stringo tra le mani il foglietto con il suo indirizzo. Sta in un grattacielo. Sono pronto a uscire, a saltare su un taxi e a raggiungerla. E stavolta la meta ce l'ho, sicura, certa.

Sto venendo da te, e da Alex. E non me ne frega niente. Mi incollo al campanello di casa tua, e voglio proprio vedere cosa farai quando mi vedrai lì davanti.

Cosa dirai ad Alex? Cosa gli dirò io? Cosa dirò a te?

«Ciao, Eva, avevi dimenticato a casa il coraggio di dire al tuo uomo che hai fatto l'amore con me, così sono venuto in America a riportartelo».

«Ciao, Alex. La stronza è in casa? Perché parlo così di mia sorella? Perché lei non è mai stata mia sorella, lei è la donna che amo. E ora spostati che la devo riportare a casa.»

«Ciao Eva, ciao Alex, come state? Bene? Che ci faccio qui? Mah... niente, passavo per caso. La cena è pronta? Posso autoinvitarmi? Così magari facciamo due chiacchiere, vero Eva? Che c'è, sorellina mia, perché sei preoccupata? Non sei contenta che il tuo fratellone sia venuto a trovarti, anzi, a trovarvi? Siete una bella coppia, davvero solida, complimenti.»

Sto arrivando, cara Eva. Quello che ti dirò mi uscirà dal cuore al momento. Mi basterà guardarti. E le parole verranno fuori da sole.

23 luglio, New York

Pomeriggio ancora più tardi

Alex era uscito, perciò non ho dovuto spiegargli perché fossi rientrata in bagno per farmi la doccia dopo aver passato già metà del pomeriggio con il phon acceso.

Una bella doccia calda. *L'acqua lava via i pensieri, il vapore ci nasconde al mondo* e via con tutti i luoghi comuni letterari che possono venirmi in mente, e che però sono veri.

Una doccia, non c'è niente di meglio che una doccia bollente quando ci si vuole distrarre da qualcosa. Il corpo prende il controllo della situazione, scansa il cervello così, con un colpetto di gomito che sta per «Lascia fare a me», come farebbe un meccanico con una vecchietta che ha la testa infilata nel motore in panne della sua vecchia Punto.

Il corpo detesta le paranoie, il corpo vuole solo liberarsi. Ballare, lavarsi, fare l'amore, correre. Non sarebbero attività tanto popolari se tra i tanti benefici che producono non ci fosse quello più importante: staccare il cervello per un po'.

A metà della doccia, massaggiandomi la testa con lo shampoo, come se stessi direttamente lavando via i pensieri, ho raggiunto il mio obiettivo: mi sono distratta dal problema Marco.

E, guarda caso, proprio a metà di quella doccia qualcuno ha suonato il campanello di casa.

Ho fatto un sospiro, mi sono sciacquata la testa più in fretta che ho potuto – il campanello continuava a suonare; ho acchiappato l'accappatoio – un'altra scampanellata, più insistita; ho infilato le ciabatte per non scivolare sul parquet e schiantarmi contro il muro come un gavettone – ancora un trillo, leggero, quasi deluso. Finalmente, facendo attenzione ad annodarmi bene la cintura dell'accappatoio, ho aperto la porta. Nessuno.

Ma quel nessuno aveva lasciato qualcosa.

23 luglio, New York

Pomeriggio ancora più tardi

Eva abita nell'appartamento ventitré al ventitreesimo piano. Chissà se si sono sorrisi quando sono entrati insieme, come per dirsi: «D'ora in poi questo sarà il nostro numero fortunato, vero amore?»

Per me il ventitré è sempre stato il numero della maglia di Michael Jordan. Anche se mi ricordo un'altra cosa che ho letto di recente: il *Titanic* è affondato il 15 aprile del 1912.

1 + 5 + 4 + 1 + 9 + 1 + 2 = 23

Buona fortuna, cari Eva e Alex: eccovi il vostro iceberg, direttamente davanti alla vostra porta. Mi chiamo Marco. Molto piacere.

Le cose però sono andate diversamente.

Ho suonato il campanello per un bel po', ma niente. In casa non c'era nessuno. Ennesima missione a vuoto. Allora sì, caro destino, questa volta mi arrendo davvero. Prima ho cercato di aiutarti.

Poi ho deciso di provare a forzarti. Non c'è stato verso. Sei più forte tu.

Non sapevo cosa fare davanti a quell'uscio sbarrato. Così mi sono ricordato di avere il cappellino viola a righe nello zaino. E gliel'ho lasciato sullo zerbino. Così quando rientreranno se lo ritroveranno lì.

Eva capirà che sono venuto a portarglielo, e si guarderà intorno impaurita. Ad Alex spiegherà che forse le è caduto quando è uscita, o magari gli dirà che non è suo, che l'ha sicuramente perso qualcuno e che la corrente dei corridoi e dell'ascensore e delle scale l'ha fatto finire proprio sul loro zerbino, e che perciò lo possono anche buttare.

Sì, andrà così: lo pinzerà con due dita e lo butterà nella pattumiera.

Oppure no. Lui le farà mille domande, e lei prima negherà. Poi cederà e dirà che sì, probabilmente l'ha portato Marco. Forse non si è arreso, magari mi ama ancora. E anch'io lo amo.

Sì, potrebbe dirgli così.

E lui potrebbe fare quello che forse lei non ha il coraggio di fare: mollarla. Lì, davanti alla porta, su due piedi. «Vattene brutta stronza», potrebbe gridarle.

Ma adesso basta. Sto aspettando la navetta che mi porterà all'aeroporto. Sono in anticipo, ma non ho intenzione di trattenermi ancora a Manhattan. Voglio avvicinarmi a casa, all'idea di casa, alla sensazione del ritorno.

* * *

La navetta è qui. Chiudo la Moleskine e salgo. Ultime ore a New York. Ma sono ore vuote, perché la speranza, adesso, è veramente morta. Ho giocato il tutto per tutto, ho rischiato, ho perso.

Però, se ho perso Eva, non posso – non **devo** – permettermi di perdere anche il resto della mia vita.

23 luglio, New York

Quasi sera

Un cappellino viola a righe. Il *mio* cappellino viola a righe.

Me l'aveva comprato per farsi perdonare un ritardo, quando ancora non stavamo insieme. Io ero salita in camera mia, sempre arrabbiata, mi ero guardata allo specchio e avevo pensato: cavolo, è proprio perfetto per me, un po' da vecchia zitella inglese fissata col giardinaggio, ma con una punta di malizia dentro.

In testa, come una spina nel palato, mi si è infilata questa convinzione: «Marco è capace dove sono incapace io. Scegliere tra mille il capo perfetto, quello che non sono riuscita a trovare neanche a New York».

Poi un'altra: «Magari penso che è perfetto perché l'ha scelto Marco, e da qualche parte dentro di me sono ancora persuasa che sa chi sono meglio di me».

E poi altre, e altre ancora. Mi stavo trasformando in Hellraiser, un puntaspilli umano di pensieri scomodi e appuntiti.

Ho provato a infilarmi di nuovo sotto la doccia, ma non ha funzionato. La vecchietta della Punto aveva preso il meccanico per il collo e raccogliendo tutte le sue forze l'aveva sbattuto a terra urlandogli: «Questa macchina la può riparare solo Marco!»

Una mezz'oretta più tardi, dopo essere stata immobile sul divano a ruminare, con la testa tra le mani, ho afferrato il cappellino viola a righe, infilato la porta di casa e sono scesa in strada. Mi sono messa il cappello e mi sono guardata nello specchietto di un fuoristrada, sorridendomi triste per un attimo.

Poi ho preso il cappellino con due dita e, senza il coraggio di guardare, l'ho buttato nel cassonetto.

No, Marco. Non ti voglio incontrare. Voglio dimenticarti, invece.

Scusami.

23 luglio, New York

Sera

Ho deciso di dirlo ad Alex. Far finta che non sia successo niente è impossibile. È successo, invece. È successo davvero. Improvvisamente lo ricordo nei minimi dettagli. E purtroppo è anche stato bello.

Ho la sensazione che la mia intenzione di dirglielo nasca dall'aver capito che voglio stare con lui.

Me ne rendo conto solo adesso: non gli avevo raccontato tutto perché non ero ancora convinta fino in fondo di voler dividere la mia vita con lui.

Trasferirsi negli Stati Uniti è una scelta ad altissimo rischio. Ci sono centinaia di piccole cose che possono non funzionare. Puoi incappare in un bel film italiano alla tivù e non sopportare che sia doppiato in inglese. Può non piacerti questo mondo verticale, o dormire al ventitreesimo piano. Oppure puoi essere respinta dall'odore della città. Puoi trovare improvvisamente intollerabile che ogni volta che esci per strada ti trovi in mezzo a centocinquantamila persone che vanno tutte dalla stessa parte, a passo svelto.

Ognuna di queste piccole cose, se non sei fortemente determinata a restare, può incrinare la tua decisione e spingerti a tornare.

Ora sono certa di voler restare. Dopo aver buttato il cappello sono rientrata in casa, mi sono guardata intorno e ho capito che Alex mi mancava. Volevo che tornasse al più presto. Volevo dirgli tutto, disposta a rischiare che mi cacciasse, che non mi volesse più.

Volevo spiegargli che non so ancora come sia successo, ma è successo. Che Marco per me è un groviglio di sentimenti talmente intricato che scioglierlo è impossibile.

Che quel nodo andrebbe tagliato, come Alessandro fece con il nodo di Gordio.

Che non sono ancora certa di avere trovato la spada giusta o abbastanza affilata per farlo.

Che tutto questo è triste, e rende forse il nostro legame imperfetto, ma che io accetto quell'imperfezione e posso giurargli che quello che è accaduto non si ripeterà mai più.

Che mi sento sicura e forte, con lui. E non è banale, perché mi sento sicura e forte a cinquemila chilometri da casa. Mi sento sicura senza avere alcuna sicurezza di fronte a me, con la mia vita che è ancora un cantiere.

Che in quel cantiere, però, è stata posata la prima pietra e che per me quella prima pietra è lui.

Volevo dirgli che se lui è tanto generoso da salvare la nostra storia proprio nel momento in cui, rivelandogli il mio segreto, io la metto sul ceppo del boia, gliene sarò grata per sempre.

Ho aspettato Alex per venti minuti. Poi ho preso il cellulare per chiamarlo e in quel momento mi ha chiamata lui.

Mi ha detto di raggiungerlo al locale, perché stavano per montare l'insegna e voleva il mio parere.

* * *

Sono arrivata al ristorante. Aveva mandato a casa quasi tutti gli operai. Mi ha fatto vedere i locali vuoti, puliti. C'era un forte odore di stucco e di calce, ma le pareti erano a posto, il bancone del bar finito e nei bagni c'era già il sapone negli erogatori.

Era felice come un bambino. La sua creatura era quasi pronta. Tutto agosto per montare il primo menu, per la ricerca in cucina, e a settembre avrebbe potuto aprire.

Nonostante la sua aria contenta, soddisfatta, io ero sempre decisa a dirglielo.

Finché non è arrivata l'insegna.

Lì ho capito sul serio quanto contassi per lui. Non era solo uno splendido, mozzafiato, regalo d'amore. Era una vera e propria dichiarazione d'intenti.

Era come un tatuaggio, ma era più di un tatuaggio. Perché Alex il mio nome non se l'era scritto sul braccio, come fanno tutti, ma sul suo sogno più grande.

I miei buoni propositi hanno iniziato a vacillare. Sarei stata una vera egoista a scaricargli addosso il peso del torto che gli avevo fatto, solo per alleggerire la mia coscienza. Sarebbe stato come masticare e sputare il suo sogno di purezza e perfezione, come masticare quell'insegna e risputargliela addosso.

No, mi sono detta, no. Gli sarei stata sempre fedele e non gli avrei mai raccontato quella storia. Tenendomela dentro, convivendo in silenzio con la mia colpa, forse prima o poi sarei riuscita a espiarla.

Forse ci voleva un segno, per convincermi a perseguire questa nuova strada. Ed è subito arrivato. Fissavo l'insegna, poi mi sono voltata verso la strada. È passata una navetta con i vetri oscurati, si è fermata lì in attesa che scattasse il verde. Ho visto l'insegna specchiarsi in quel pulmino. Prima di sfuggita, poi con attenzione.

Eva's, specchiata, si legge *Save*, l'imperativo «salva». E sotto c'era il numero della navetta, 23: quello del piano e dell'appartamento di Alex.

Ecco Eva, salva questa storia.

23 luglio, New York

Sera

La navetta ha i vetri scuri. Per un attimo sogno di avere in mano una chitarra e non uno zaino. E che questo pulmino mi sta portando in tournée con la mia band. Lasciamo New York per Boston, la seconda tappa del tour. Poi smetto subito di sognare e gli occhi mi cadono sul cruscotto, dove c'è la placca col numero della navetta: 23. Cazzo, quelle due cifre mi perseguitano.

* * *

La navetta a passo d'uomo nel traffico di Manhattan.

La mia testa già a Roma.

Il mio cuore sconfitto.

Mi volto e ti vedo.

Sei lì, in piedi sul marciapiede.

Con Alex.

Un paio di operai stanno fissando un'insegna.
È quella del vostro ristorante.
C'è scritto *Eva's*.

Lui ti sorride, soddisfatto.
Tu guardi la scritta, e annuisci.
La navetta si ferma al semaforo.

Potrei scendere.
Potrei chiamarti.
Potrei nascondermi.

Non faccio niente, resto immobile.
E tu ti giri dalla mia parte.
E guardi.

Ti ho trovata, finalmente.
Questo penso, subito.
Hai visto? Sono venuto fin qui per te!

Ma tu non dici niente.
Stai immobile come me.
E continui a guardarmi.

Ma… riesci a vedermi?

Questi maledetti vetri scuri ti permettono di vedermi?

Ti prego, dimmi che stai guardando proprio me.

Non avere paura, amore.
Se è quella a bloccarti non pensarci.
Avvicinati, sono proprio Marco.

Ma tu sembri sorpresa.
Forse pensierosa.
E sei sempre la più bella.

Lui capisce che qualcosa non va.
Si avvicina, ti abbraccia.
Tu appoggi la testa alla sua spalla.

Le auto si muovono, la navetta riparte.
Continuo a fissarti.
Ma non ti volti.

Ed ecco che si accende l'insegna del ristorante.

Eva's.
Eva's.
Eva's.

Lampeggia tre volte.
Poi si blocca, la luce resta fissa.
E non ti scorgo più.

Torno a guardare avanti.
Appoggio una mano sullo zaino.
E penso che vorrei morire.

* * *

Ho sentito una scossa improvvisa quando, davanti all'aeroporto, sono sceso dalla navetta. Era qualcosa di positivo. L'ho capito subito. Era un invito. A cambiare atteggiamento. A cambiare dentro. A non pensare alla fine del nostro amore come un dramma, ma come una rinascita. Una possibilità.

Eva è importante, per me. E sono innamorato di lei. E soffro come un cane a vederla con un altro. A immaginare che probabilmente sarà felice. Magari non subito. Ma lo sarà.

Quella scossa era anche un invito a provare a capirla. Ha fatto l'amore con me. È scappata con Alex. Ma io, quando stavamo insieme, sono scappato per primo. A Londra. Per non affrontare con coraggio le mie paure. Sono stato io il primo codardo. È colpa mia se la nostra storia è finita. E ora come faccio a insultarla, a disprezzarla, a non riconoscerla più se ha fatto esattamente quello che ho fatto io?

Non lo so se sto provando a giustificarla per andare avanti, per minimizzare il suo gesto, per relegarlo a un fatto poco importante della mia vita. No, forse ci credo veramente a quello che ho appena scritto. Forse davvero col tempo questa ferita si rimarginerà fino a non lasciare traccia.

Devo avere fiducia. Devo aspettare. Non devo smettere di pensare a me, alla mia vita, a quello che voglio veramente fare. Perché voglio crescere, voglio essere pronto ad accogliere chi verrà dopo Eva.

O a riaccogliere lei.

Ecco, ci risiamo. Dopo dieci righe di presunta forza di volontà ricomincio con lei. Con Eva. Con la mia disperazione.

Basta, basta, basta, basta, basta.

Riprenderò a scrivere più tardi.

* * *

Ho appena lasciato a un povero senzatetto i miei ultimi dollari. Stupito, mi ha sorriso, poi è tornato al suo fumetto, che leggeva al contrario: dall'ultima pagina alla prima.

Su uno dei dollari ho scritto questa frase:

Ovunque andrai questo dollaro prima o poi ti troverà. Ti amo, Eva. Marco

Ancora una volta mi affido al destino. Dopo che mi ha tradito, che mi ha sconfitto più di una volta, continuo a non darmi per vinto. Ma no, forse sbaglio a scrivere così. Perché in realtà il destino me l'ha fatta incontrare. Era lì, davanti a quel maledetto ristorante con il suo maledetto fidanzato. E se mi ha visto ha anche scelto. Sì. Se mi ha visto ha capito che il destino ci aveva messi di nuovo l'uno di fronte all'altra. E ha scelto di voltargli le spalle. Di rimanere con Alex. E non con me.

Non è il destino che mi ha abbandonato. È stata lei. Lei ha detto «no». E solo questo suo «no» mi dà la forza.

Adesso ho lo zaino tra le gambe, e la schiena appoggiata a una parete. Il viavai di gente mi intristisce. E mancano ancora due ore all'imbarco. Continuo a guardare il tizio del fumetto. Si gira pure lui verso di me. Non smette di sorridermi, grato di quella manciata di soldi che gli ho dato. E io penso. Penso al dollaro che si è messo in tasca e che magari lascerà in qualche negozietto per comprarsi una bottiglia di vino. Il proprietario, la sera, lo metterà in un cassetto assieme ad altre centinaia di banconote, senza accorgersi di niente. E, il giorno dopo, sarà il resto per una ragazza che compra un succo senza zucchero. E lei lo userà come segnalibro e dimenticherà in metropolitana il romanzo letto fino a pagina 23. Lo troverà un uomo sulla quarantina che è stato appena licenziato, e che sfilerà il dollaro e lascerà sul sedile il libro. E ci pagherà un caffè entrando da *Star-*

bucks per una pausa in cui riflettere su come potrà riorganizzare la sua vita. E di nuovo sarà il resto per uno studente che si è appena preso un frappuccino al caramello, e che leggerà quello che ho scritto senza capire che cavolo vuol dire. Il dollaro è ancora a New York ed Eva, inconsapevole, si sposta da una parte all'altra della città, sfiorandolo più volte, infatti...

Eva sarà in fila alla tintoria, e il dollaro finirà nelle tasche della donna grassa che la precede; Eva sarà in un camerino a provarsi una maglietta, e in quello a fianco una ragazza si infilerà dei jeans che in una tasca contengono il dollaro; Eva sarà al Madison Square Garden a vedere una partita dell'NBA, e un bambino pagherà la sua Coca-Cola con il dollaro; Eva sarà a passeggio in un quartiere residenziale, e sfiorerà un filo con stesa della biancheria e, appeso con una molletta, il dollaro finito per sbaglio nella lavatrice e messo lì ad asciugare; Eva sarà a Central Park e passerà accanto a un suonatore di strada, che nel cappello delle offerte ha proprio il mio dollaro.

Ma ci sarà un piccolo grande intoppo. Il musicista con quel dollaro ci pagherà una rivista per adulti, e l'edicolante lo darà come resto a un camionista che ha acquistato un giornale di annunci economici, e che il giorno dopo attraverserà gli States per arrivare a consegnare dei televisori al plasma a San Francisco. E il mio messaggio sarà lontano chilometri da lei. Ma il camionista mangerà in un ristorante, pagherà il conto e quel dollaro finirà in mano a una cameriera che lo userà, fra gli altri, per cambiare il pezzo da dieci di un altro cliente di passaggio, il quale poi volerà a Boston per lavoro. Lì, lo lascerà di mancia in un altro ristorante e il cameriere se lo intascherà sorridente assieme ad altri dollari, contento perché nel fine settimana andrà a trovare il fratello a New York.

E a New York, mentre sta pagando un hot dog, il vento glielo sfilerà di mano. E lo farà volare in alto, sopra ai taxi, sui tendoni dei ristoranti, finché una folata lo porterà dritto alla Columbia University. E lì ci sarà Eva, che studia sotto un albero con un libro aperto. E proprio come la piuma di Forrest Gump il dollaro si poserà su di lei. Lei, curiosa, lo prenderà. E lo girerà, trovandoci la mia frase. Riconoscerà subito la mia scrittura, leggerà il messaggio, e guarderà il cielo, convinta che sia complice di quel messaggio d'amore. E forse capirà anche lei che deve arrendersi al destino. E tu, destino, ti dovrai fermare lì un momento, sederti accanto a Eva, e spiegarle alcune cose. Le dovrai dire che non potrà lottare per sempre contro di te, che questa battaglia le toglierà le forze, la butterà giù, le impedirà di vivere bene. Non dormirà più. E le poche ore che riuscirà a passare con gli occhi chiusi saranno piene di sogni e incubi, che la turberanno, togliendole il sonno.

Sì, andrà così. Si ritroverà tra le mani questo dollaro, e non potrà fare a meno di urlare il mio nome. Lo urlerà a squarciagola, facendo voltare tutti gli studenti del campus.

Marco.

Marcooo.

Marcooooo.

Lo urlerà anche quando tornerà a casa, anche a letto, anche se Alex sarà lì, vicino a lei, a tenerle la mano e a chiederle: «Che succede, amore mio?»

Trova questo dollaro. Guardalo, Eva. Arrenditi. E urla forte il mio nome.

Notte

Sono in aereo. Il tempo dei sogni è finito. La notte in cielo è uguale a quella in terra. Tutte le mie speranze sono affidate a un dollaro.

Arrivederci, New York.

Spero, la prossima volta, di tornare qui per riprendermi Eva.

Ah, il dollaro con la scritta l'ho fotografato col cellulare. Eccolo:

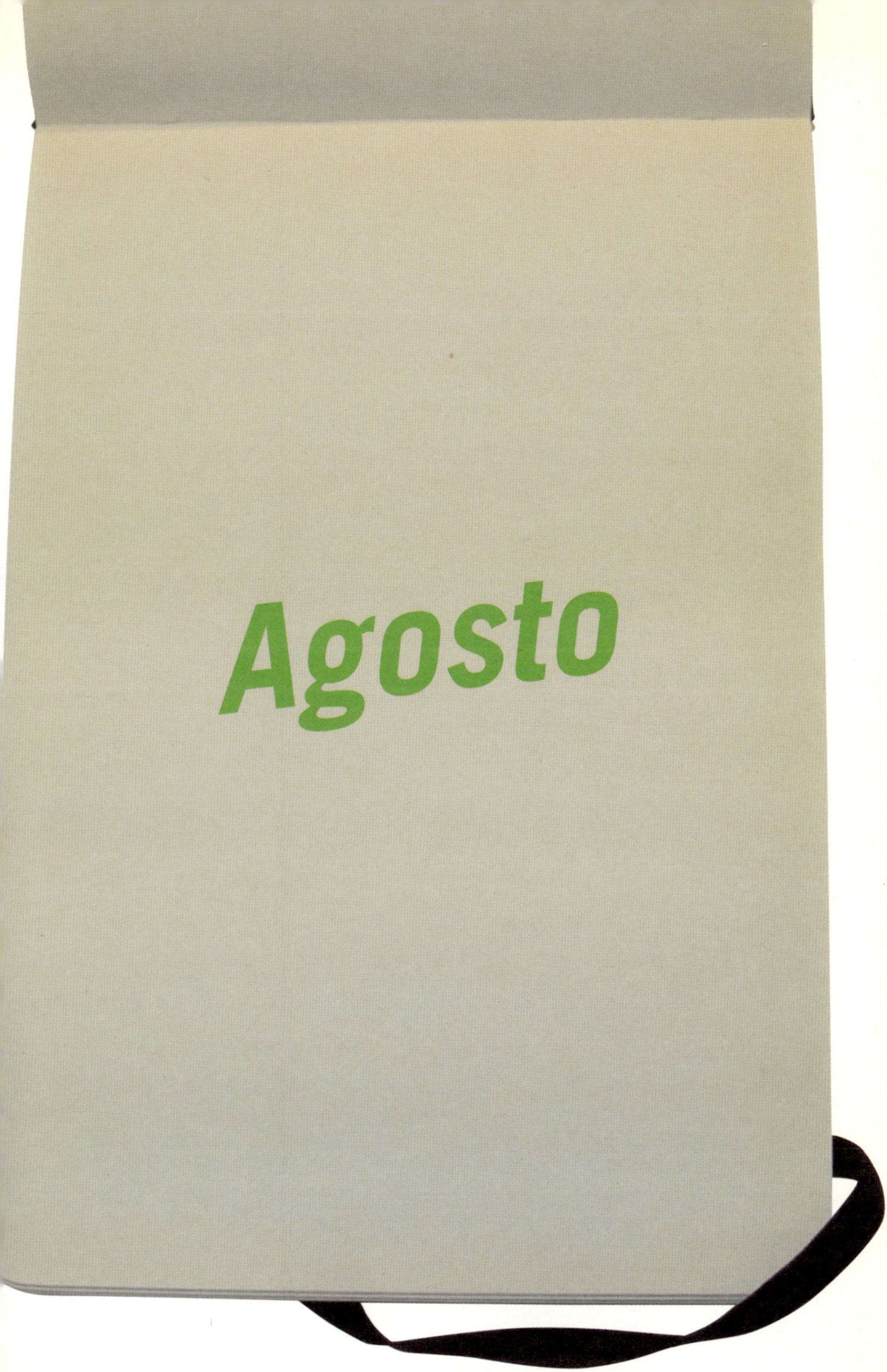
Agosto

2 agosto,
New York

Grandi discoteche e piccoli club, grattacieli di cento piani e palazzine di tre, Virgin Megastore e questo negozietto stipato fitto di dischi.

Sono entrata e ho scovato quel disco di Elliott Smith che Marco si lamentava di non essere mai riuscito a trovare.

L'ho comprato, d'istinto. E, mentre ringraziavo la cassiera per avermelo impacchettato con cura, ho capito che finalmente ero pronta per fare un regalo a Marco.

Forse è davvero finita.

3 agosto, Roma

Di questo viaggio lampo a New York mi restano poche foto. Alcune le ho stampate, ritagliate e mi va di incollarle sulla Moleskine. Poi credo che metterò tutto in un cassetto, e fra qualche anno forse mi verrà voglia di rivederle, magari proprio prima di dormire, con Eva che accanto a me mi sorride per poi addormentarsi serena.

Questo è l'American Merchant Mariner's Memorial, si trova a due passi dal Pier A, nella Lower Manhattan.

Quando l'ho visto mi sono bloccato, e l'ho subito voluto fotografare. Ma poi mi sono avvicinato alla riva, e ho guardato meglio.

A prima vista non avevo notato che gli uomini non sono tre, ma quattro. Solo che uno è sommerso per metà. E infatti, aumentando lo zoom, ecco che tutto è più chiaro...

Quelle due mani che si sfiorano senza toccarsi mi fanno piangere. Perché non capisci che l'uomo in acqua sono io, che non resisto senza di te, Eva?

E la mano che prova a salvarmi è la tua.

E allora perché non ti sforzi?

Perché non ti abbassi ancora un po' verso di me? Perché non mi aiuti a salvarmi? A salvarci?

Li vedi, gli altri due?

Quello in ginocchio è Alex, che si arrende al nostro amore, alla sua forza.

E l'altro che grida è il destino. Sta dicendo che devi fare in fretta, perché io sto morendo.

Ascoltalo, ti prego. Ascoltami, ti prego.

Dove sei, amore mio?

Perché sei partita e mi hai lasciato ad affogare nella disperazione?

9 agosto, New York

Mi sono spesso chiesta se Alex abbia capito o no qualcosa di quello che è successo la notte prima che partissimo. È strano, ma a un maschio pare non sia richiesto quello che invece si dà per scontato che una donna sappia fare molto bene: interpretare il silenzio.

Forse Alex non ha capito niente, è troppo sicuro di sé.

Però mi fa spesso questi scatti a sorpresa. Mi dice: «Eva!»

Io mi volto e vedo il flash.

Alex sostiene che nello sguardo che fai quando ti volti per rispondere al richiamo di una persona che ti è vicina c'è tutta la verità su quello che pensi di lei.

L'altra sera l'ho scoperto che guardava attentamente questa foto. Sembrava corrucciato.

14 agosto, Roma

Central Park. Un'immagine davvero pazzesca. Da fiaba. Una carrozza trainata da cavalli sopra il ponte. Un uomo che suona il violino sotto.

Per un attimo ho pensato che proprio qui tutti gli elementi del cosmo si stessero magicamente allineando per fare in modo che ci incontrassimo.

Lo sai che ci dovremmo essere io e te, su quella carrozza? Dovrei essere io a portarti in giro come una principessa per New York mentre qualcuno suona per noi a ogni angolo.

Sempre la stessa canzone, suonata a tempo da migliaia di musicisti piazzati in ogni strada, su ogni panchina, dietro ogni albero. Tutti che fanno musica per noi due, per esaltare il nostro amore, per farci capire che insieme siamo pura magia.

16 agosto, New York

Alex ha passato le prime due settimane di agosto chiuso nel suo laboratorio. È un posto da chimico – ecco perché quel libro – più che da cuoco; dice che i grandi ormai fanno così: si seppelliscono in questi posti pieni di fornelli e alambicchi e provano a trasformare i cibi finché non inventano una preparazione davvero nuova. E buona, mi auguro.

Comunque, per ferragosto Alex ha mollato un attimo il suo laboratorio per portarmi a fare una gita al mare.

Agli Hamptons, la punta di Long Island in cui i newyorkesi ricchi si sono fatti la seconda casa. Uno dei finanziatori di Alex ha una villa lì.

In macchina c'erano gli Strokes. Alex aveva deciso di affittare una Mustang. E, con quella musica a fare da sottofondo, è finito che ha affondato un po' il piede. Per quanto possibile su una strada americana, certo. Però, insomma, a voltarsi a destra, oltre il finestrino, il paesaggio diventava una striscia di colore.

Ecco il punto. Non ho avuto paura. Non mi è passata per la mente, neanche per un attimo, la scena dei piedi dei barellieri che corrono verso di me che caccio l'ultimo respiro nella macchina capovolta.

Anzi, ero tranquilla. Mi godevo la velocità e ho anche intrecciato le braccia dietro la testa, sprofondando nel morbido sedile di pelle e prendendo un respiro lungo.

E ho capito perché: perché con Alex mi sento sicura.

E poi perché non mi sento più speciale come una volta. Non mi sento più *quella* su cinquemila, ma *una* dei cinquemila, che si fa la sua vita meglio che può, magari in una bella macchina, con un bell'uomo accanto, su una bellissima striscia di terra che finisce con un faro puntato verso l'oceano.

Non mi sento più speciale, e mi sembra una liberazione. *Quasi* una liberazione.

22 agosto, Roma

Non mi ricordo dov'era questa rete piena di piccole piastrelle di ceramica, ciascuna con sopra una frase.

Se non sbaglio ce n'era una più grande con scritto **TALES OF AMERICA**, ma non potrei giurarci.

Erano messaggi di tutti i tipi. E per un attimo ho pensato di trovarne uno tuo per me. Ho cominciato a leggerne un po', come un matto ossessivo, e poi mi sono reso conto che era tardi, che il tempo volava e che dovevo continuare a camminare, per offrire al destino più possibilità di incontrarti.

Dove sei? Dove sei? Dove sei?

Me lo ripetevo ogni due minuti mentre percorrevo su e giù le strade di New York.

26 agosto, New York

Mi piace pensare che tra New York e Central Park ci sia il rapporto che c'è tra una casetta di campagna e il giardino di fronte, con le ortensie e le azalee. E che i newyorkesi scendano dai loro uffici e vengano qui, alla fine di una giornata di lavoro, proprio con lo stesso spirito con cui, al tramonto, ti siedi sull'altalena al centro del tuo giardino e ti lasci dondolare un po'. Guardandoti intorno e pensando: Questa è la mia vita.

28 agosto, Roma

È più forte di me. Continuo a «ripassare» per immagini quei due giorni a New York.

Ecco, questa è Fifth Avenue. Alcuni tecnici stavano preparando il palco per l'esibizione di Alicia

Keys. Non avevo tempo di fermarmi, anche se l'atmosfera era molto carica e c'era un sacco di gente ad aspettare.

È qui che ho pensato seriamente alla mia carriera musicale. E per un attimo ho sognato di venire a presentare un mio disco proprio a New York, all'aperto, in una delle strade più famose del mondo.

E, nel sogno, c'erano anche Eva e Alex. Che, per mano, passeggiavano e mi vedevano cantare.

E io, dal palco, ti guardavo. E con gli occhi ti dicevo, rabbioso: «Hai visto dove sono arrivato anche senza di te? Hai visto che sono sopravvissuto anche senza di te? Lo vedi che sto bene, che sono diventato grande e pure famoso?»

Certe volte mi vergogno di quello che scrivo, ma difficilmente torno indietro e cancello. Magari, semplicemente, evito di rileggermi.

E poi non mi piacciono le cancellature, nei miei quaderni.

30 agosto,
New York

Questa foto me la sono fatta scattare da un passante. Non so perché, ma non voglio che i miei ritratti qui li scatti tutti Alex. In una foto in posa conta tantissimo il rapporto che hai col fotografo. Forse il mio con Alex è troppo stretto, e sono contenta che resti ancora qualche testimonianza di quel sorriso imbarazzato e sincero che mi viene come un colpo di tosse quando ho a che fare con uno sconosciuto fermato per strada.

Settembre

5 settembre, Milano

Mattina

Sono in classe. Oggi è quasi una settimana che frequento la scuola di musica. Mi piace? Abbastanza, direi. Però alcune lezioni proprio non riesco a seguirle.

Tipo questa: storia degli strumenti musicali. Ok, tutto può servire nella vita, ma io devo scrivere e cantare canzoni, non sapere chi ha inventato il liuto, no?

Non lo so, ogni tanto forse sono un po' troppo presuntuoso, penso di essere già arrivato e invece ho diciannove anni, qualche canzone più o meno riuscita alle spalle e nient'altro che la mia voglia di arrivare.

Il professore alza la voce, si è arrabbiato di nuovo con Tamara. Quella ragazza mi fa ridere. È un po' pazza, ma ha davvero una voce incredibile. Solo che non ha pazienza, alle volte è peggio di me.

E infatti il prof. la caccia di classe.

Pomeriggio

Ho parlato con Tamara nei corridoi. Le ho raccontato le mie frustrazioni, lei mi ha srotolato le sue. E alla fine di queste lunghe lamentele abbiamo preso una decisione: proviamo a collaborare insieme. Io scriverò i testi, e lei canterà.

Potrebbe funzionare, e molto bene. In fondo a me le canzoni piace più scriverle che interpretarle. E con la sua tecnica potremmo davvero aspirare a farci notare. E, soprattutto, in fretta. Ha parecchi agganci nel mondo musicale, ci bazzica anche da molto più tempo di me, e appena avremo pronto qualche pezzo nostro avremo delle case discografiche interessate a sentirli.

Speriamo bene.

7 settembre, Milano

Mattina

Grandi cambiamenti in vista. Dopo neanche due giorni, tra me e Tamara si è già creato un bel feeling musicale. Che mi ha pure ispirato mica male: infatti in una notte ho terminato il testo e la melodia di una canzone che avevo cominciato a comporre a New York.

E devo ammettere che ha un respiro davvero «internazionale», diciamo così.

E questa è la prima novità. La seconda è che lascio la scuola. Tamara ha i contatti giusti con Criscuolo, il più grosso produttore di Roma, perciò abbiamo deciso insieme che non ha più tanto senso rimanere impantanati qui a Milano.

Abbiamo talento. Siamo giovani. La sua voce è una bomba. Perché aspettare? Perché non dedicare tutto il giorno, e non solo le notti e le ore strappate allo studio, a comporre, provare e registrare nuovi pezzi?

Torno a Roma. La mia città. E speriamo che i miei non la prendano troppo male. In effetti dopo tutto l'ambaradan che ho piantato per venire qui, mollare nel giro di una settimana non sembra tanto sensato...

La nuova canzone si chiama *A Guy On His Wave*, è il mio primo pezzo in inglese, anche se alla fine c'è una strofa che viene ripetuta pure in italiano. È bella. È carica. È nuova. Insomma, cavolo: funzionerà!

A GUY ON HIS WAVE

Spring at silver beach
Apple, orange, peach
Switching off my phone
Today

Surfers run to sea
Singing songs in C
I'm still on my own
Again

I'm whistling my refrain

I'm staying
I'm waiting for

My blue perfect wave
I swear I'll be brave:
I'll surf
I'll ride the white crest

I will catch my wave
No more files to save
It's blank
My stave
I'm just a guy on his wave

Someone laughs at his life
Someone lives in strife
Wednesday it's bigger than
Every other day

Brighter miracles
Shinier pinnacles
If you can wait
The wave will come

But then you'll have to run

One shot
Or you'll be done

My blue perfect wave
I swear I'll be brave:

I'll surf
I'll ride the white crest

I will catch my wave
No more files to save
It's blank
My stave
I'm just a guy on his wave

*** Ritornello in italiano

Quando arriva l'onda
Forse è lì per te
Per te
Scendi dalla branda

Quando arriva l'onda
Lascia che ti prenda
È per te
Per te
Quando arriva l'onda è per te

UN TIZIO IN CIMA ALLA SUA ONDA

Primavera sulla spiaggia d'argento
Mele, pesche, arance
Oggi
Non rispondo al telefono

I surfisti corrono verso il mare
Canticchiando canzoni in
do maggiore
Io me ne sto per i fatti miei
Di nuovo

E fischietto il mio ritornello

Sto fermo
Perché aspetto

La mia onda, blu e perfetta
Giuro che avrò il coraggio
Di surfarla
Di cavalcarne la cresta bianca

Prenderò l'onda
E non avrò più file da organizzare
Il mio pentagramma è bianco
Sono solo un tizio in cima alla sua
onda

Qualcuno ride della propria vita
Qualcun altro soffre ogni respiro
Il mercoledì i leoni ruggiscono
più di ogni altro giorno

Prodigi splendenti
Creste luccicanti
Se sai e se puoi aspettare
L'onda arriverà

Ma a quel punto devi correre

Una sola possibilità
Oppure sei fregato

La mia onda, blu e perfetta
Giuro che avrò il coraggio
Di surfarla
Di cavalcarne la cresta bianca

Prenderò l'onda

E non avrò più file da organizzare
Il mio pentagramma è bianco
Sono solo un tizio in cima alla sua
onda

E poi il mio ormai fedele libro di aforismi mi ha dato la risposta che cercavo.

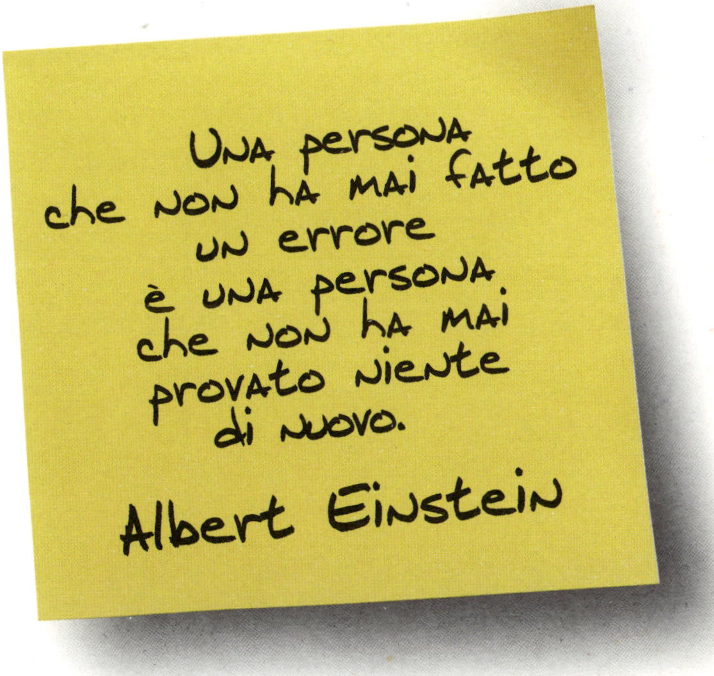

8 settembre, Milano

Sera

Sono in treno, fra poco più di due ore arriviamo a Roma. Tamara dorme, è seduta di fronte a me con la testa appoggiata alla custodia della mia chitarra.

Emozioni contrastanti. Sfoglio le mie vecchie Moleskine, che porto sempre con me, e mi accorgo che l'anno scorso, più o meno in questo periodo, mi trovavo sempre in treno e stavo tornando a Roma.

Certo, la situazione era diversa: avevo appena incontrato Eva al lago, mentre stavo con Rachele, e lei mi odiava. Già, ma perché era innamorata di me. E dopo poche settimane tutto è iniziato: il nostro amore, le difficoltà, l'infarto di papà, la mia fuga a Londra, il mio ritorno tardivo, la sua storia con Alex, il mio tentativo di rinascita, fino a quella notte prima che lei partisse per New York, neanche due mesi fa, quando abbiamo fatto l'amore.

Come sto? Non lo so. Eva mi manca, questo è un fatto. Ma è anche vero che ce l'ho con lei: non le ho perdonato la fuga a New York, perché di fuga si tratta. Certo, forse pareggia con la mia a Londra. Ci può stare. Siamo pari, quindi. Dovremmo ricominciare da lì, dal tornare fratelli. Ma non c'è da preoccuparsi. Lei è a New York, con Alex, e forse ormai mi ha completamente dimenticato. Forse è felice. Magari non tornerà più, se non a Natale un anno sì e l'altro no.

Se dovessi raccontarmi prenderei a prestito una strofa della mia ultima canzone: «*I'm waiting for/ My blue perfect wave*».

Devo solo capire se è Eva l'onda perfetta della mia vita. E se devo continuare ad aspettarla. O, al contrario, se devo lasciare che si franga sul bagnasciuga. In attesa di una nuova onda.

Un'onda che, forse, non avrà più il suo nome.

Marco

8 settembre, New York

Mattina

Ieri sera Alex mi ha fatto testare il menu per l'inaugurazione di *Eva's*.

C'era tutto il suo staff di fronte a me. Volevano capire se avevano lavorato bene. Sapevano che avrei comunque detto che era buonissimo, perciò mi guardavano dritta in faccia per cogliere, quasi fossero pokeristi, ogni sfumatura delle mie espressioni all'assaggio.

Così ho preso questo cucchiaino di «Caviale di miele» – una ricetta che Alex ha tirato fuori dopo un mese di alambicchi – l'ho messa in bocca, e subito ho pensato: Mamma mia, è buonissima.

Peccato che un istante dopo sono corsa in bagno a vomitare.

Lo staff di *Eva's* c'è rimasto male. Avrebbero preferito una reazione più sfumata.

Ho provato inutilmente a rassicurarli: magari sono allergica, state tranquilli, era ottimo ecc. ecc.

Stamattina, però, ho vomitato di nuovo. Mangiando latte e biscotti. E a quelli so che non sono allergica, perché sono diciassette anni che li mangio. Sempre gli stessi. Sono andata su internet, ho fatto una ricerca sui miei sintomi e mi è venuto fuori il messaggio di un forum.

L'autrice si chiamava Butterfly82, ed era incinta.

Per un attimo mi sono sentita come se mi avessero attaccata alla corrente o avessi buttato giù d'un sorso un'intera damigiana di aceto. Ho preso una ventina di respiri lunghi, per smettere di sudare.

Sono andata in farmacia e ho comprato il test di gravidanza.

L'ho tenuto davanti a me, sul tavolino di cristallo, senza il coraggio di scartarlo, per venti minuti buoni.

Infine l'ho fatto.

Scrivo queste righe mentre ascolto *Beautiful Day* degli U2.

Eva

I ♥ NY

In tutte le librerie

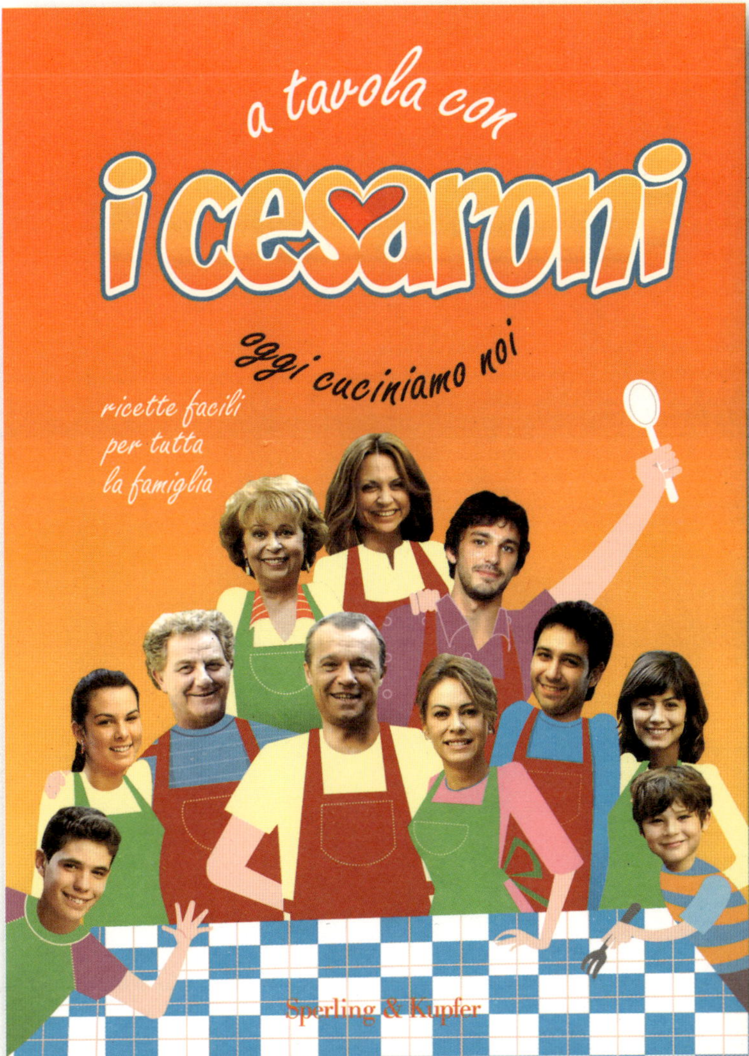

Finito di stampare nel gennaio 2009
presso la Mondadori Printing S.p.A.
Stabilimento di Verona
Printed in Italy